하늘과 바람과 별과 시

청소년을 위한 한국문학선 02

하늘과 바람과 별과 시

2002년 5월 27일 1판 1쇄 발행 / 2002년 10월 25일 1판 2쇄 발행
2005년 6월 30일 2판 1쇄 발행 / 2012년 3월 25일 2판 3쇄 발행
2017년 2월 11일 3판 1쇄 인쇄 / 2017년 2월 21일 3판 1쇄 발행

지은이 윤동주 / 편저자 김수복 / 펴낸이 임은주
펴낸곳 도서출판 청동거울 / 출판등록 1998년 5월 14일 제406-2002-000128호
주소 (10881) 경기도 파주시 문발로115 (파주출판도시, 세종출판벤처타운) 201호
전화 031) 955-1816(관리부) 031) 955-1817(편집부) / 팩스 031) 955-1819
전자우편 cheong1998@hanmail.net / 네이버블로그 청동거울출판사

출력 월드CNP / 인쇄 경희정보인쇄 / 제책 영글문화사

ISBN 978-89-5749-191-1 (44810)
ISBN 978-89-5749-178-2 (세트)

이 도서의 국립중앙도서관 출판시도서목록(CIP)은 서지정보유통지원시스템 홈페이지
(http://seoji.nl.go.kr)와 국가자료공동목록시스템(http://www.nl.go.kr/kolisnet)에서
이용하실 수 있습니다. (CIP제어번호: CIP2017003132)

청소년을 위한 한국문학선 02

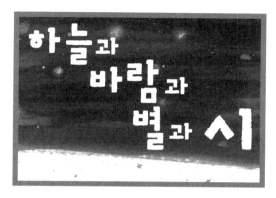

윤동주 시집 ● 김수복 편저

윤동주(尹東柱, 1917~1945)

|차례|

청소년을 위한 감상의 길잡이

일러두기

1. 이 시집에 실린 윤동주의 시 작품은 시집『하늘과 바람과 별과 詩』에 수록된 것과 미수록분 및 동시를 모두 모았으며, 독자들의 이해를 돕기 위해 주요 시 작품마다 편저자의 해설을 달아 놓았다.
2. 시 작품의 띄어쓰기 및 맞춤법은 원작의 의미를 훼손하지 않는 범위내에서만 현대 표기법에 따랐음을 밝혀 둔다.
3. 시 작품 속에 나오는 고어 및 한자어 등 어려운 낱말은 본문에 *를 달아 표시하고 책 뒤쪽의 〈윤동주 시어 사전〉에서 설명해 놓았다.

하늘과 바람과 별과 시

서시序詩

죽는 날까지 하늘을 우러러
한 점 부끄럼이 없기를,
잎새에 이는 바람에도
나는 괴로워했다.
별을 노래하는 마음으로
모든 죽어 가는 것을 사랑해야지
그리고 나한테 주어진 길을
걸어가야겠다.

오늘 밤에도 별이 바람에 스치운다.

이 시는 윤동주의 대표작으로서 1941년 11월 20일에 씌어진 작품이다. 윤동주가 연전 졸업을 기념으로 자선시집 『하늘과 바람과 별과 시』를 간행하려 했던 무렵의 최후작으로서 윤동주의 시적 특질이 이 「서시」에 집약되어 있다. "죽는 날까지 하늘을 우러러/한 점 부끄럼이 없기를/잎새에 이는 바람에도" 괴로워하는 삶의 엄숙하고 경건한 자세는 바로 그의 시 정신을 함축적으로 상징하는 표현이라 볼 수 있다. 스물아홉의 짧은 생애를 "별을 노래하는 마음으로/모든 죽어 가는 것"들까지 사랑하며 살다 간 그의 지순한 삶의 궤적이 유성처럼 밤하늘에 선명하게 떠오르는 모습을 상기시켜 주는 영롱한 시라 하겠다.

　　형식상 이 시는 2연 9행의 단형으로 되어 있으나, 의미상의 흐름은 마음속에 새겨진 한 점 부끄러움 없이 살기를 희원하는 삶의 진술로 일관되어 있다. 1행에서 4행까지는 부끄러움 없는 삶의 자아 성찰이, 5·6행은 모든 죽어 가는 것까지도 사랑하고자 하는 시적 자세가, 7·8행에서는 자신의 삶에 대한 자아 확인이, 그리고 9행에서는 시대와 현실에 대한 비극적 인식이 주류를 이루며 시상을 이루고 있다. 이러한 시상의 흐름 속에는 그의 신앙적 태도가 바탕이 되어 시대의 현실에 대한 아픔과 연민, 그리고 기도하는 자세로 살고자 하는 삶에 대한 엄숙한 소명의식이 근원적인 정신으로 깔려 있다.

별 헤는 밤

계절이 지나가는 하늘에는
가을로 가득 차 있습니다.

나는 아무 걱정도 없이
가을 속의 별들을 다 헤일 듯합니다.

가슴속에 하나둘 새겨지는 별을
이제 다 못 헤는 것은
쉬이 아침이 오는 까닭이요,
내일 밤이 남은 까닭이요,
아직 나의 청춘이 다하지 않은 까닭입니다.

별 하나에 추억과
별 하나에 사랑과
별 하나에 쓸쓸함과
별 하나에 동경*과
별 하나에 시와
별 하나에 어머니, 어머니,

어머님, 나는 별 하나에 아름다운 말 한마디씩 불러 봅니다. 소학교 때 책상을 같이했던 아이들의 이름과, 패, 경, 옥 이런 이국 소녀들의 이름과, 벌써 애기 어머니된 계집애들의 이름과, 가난한 이웃 사람들의 이름과, 비둘기, 강아지, 토끼, 노새, 노루, 프랑시스 잠, 라이너 마리아 릴케 이런 시인의 이름을 불러 봅니다.

이네들*은 너무나 멀리 있습니다.
별이 아슬히* 멀듯이,

어머님,
그리고 당신은 멀리 북간도에 계십니다.

나는 무엇인지 그리워
이 많은 별빛이 내린 언덕 위에
내 이름자를 써 보고,
흙으로 덮어 버리었습니다.

딴은 밤을 새워 우는 벌레는
부끄러운 이름을 슬퍼하는 까닭입니다.

그러나 겨울이 지나고 나의 별에도 봄이 오면
무덤 위에 파란 잔디가 피어나듯이

내 이름자 묻힌 언덕 위에도
자랑처럼 풀이 무성할 게외다.

이 시는 윤동주의 「서시」와 함께 가장 잘 알려져 있으며,
널리 애송되는 작품이다. 그의 시 세계를 대표하는 서정적 바
탕 위에서 진솔하고 투명한 언어들로 짜여져 있다. 그가 즐겨
사용하는 '가을', '별', '추억', '사랑', '동경', '시', '어머니', '북
간도', '프랑시스 잠', '라이너 마리아 릴케' 등의 시어들이 자아
내는 서정의 이미지는 폭넓은 공감대를 구축하는 감상의 세계

로서 많은 독자들의 가슴속을 파고드는 영상이라 할 수 있다.

전체 10연으로 구성된 이 시는 1연에서 7연까지의 전반부는 별을 헤는 밤의 추억과 동경, 사랑, 어머니 등을 향한 향수의 세계가 중심이 되어 있고, 8연에서 끝연까지의 후반부는 "무엇인지 그리워/이 많은 별빛이 내린 언덕 위에/내 이름자를 써 보고,/흙으로 덮어 버"린 언덕에 "자랑처럼 풀이 무성할" 것이라는 재생의 확신을 보여 주는 이미지로 가득 차 있다.

이러한 서정의 바탕을 이루는 핵심적인 시어는 '별'로서 이 '별'은 우리의 마음속에 자리잡고 있는 동경의 궁극적 이상으로 상징되어 있다. 이 동경의 세계는 "나는 아무 걱정도 없이/가을 속의 별들을 다 헤일 듯합니다"에서 나타나듯이 현실의 일상적인 갈등이 화해되는 세계이며, 이 세계를 통하여 유년 시절의 몽상적 이미지를 확인하게 된다. 그것은 "별 하나에 추억과/별 하나에 사랑과/별 하나에 쓸쓸함과/별 하나에 동경과/별 하나에 시와/별 하나에 어머니, 어머니," 등의 시행이 담고 있는 감상적 자기 확신 과정에서 드러나고 있다.

그러므로 이 「별 헤는 밤」은 유년 시절의 이미지와 부끄러움을 슬퍼하는 자신의 이름을 묻어 버린 언덕 위에도 자랑처럼 풀이 무성할 것이라는 미래의 재생적 삶의 확인을 통하여 역사적 삶을 극복하는 신념의 자세를 서정적인 이미지로 환원시켜 보여 준다.

새로운 길

내를 건너서 숲으로
고개를 넘어서 마을로

어제도 가고 오늘도 갈
나의 길 새로운 길

민들레가 피고 까치가 날고
아가씨가 지나고 바람이 일고

나의 길은 언제나 새로운 길
오늘도…… 내일도……

내를 건너서 숲으로
고개를 넘어서 마을로

윤동주는 은빛 물결을 이루는 연희전문의 백양로 숲을 즐겨 걸었다. 이 길을 거닐며 깊은 사색에 잠기곤 하였다. 이 무렵 그의 시는 잠잠한 표현 속에 과장된 목소리를 담지 않고 잔잔한 울림을 통하여 삶의 진실을 밝히는 시적 자세를 가다듬는 등 그의 생활과 시 작업에 있어 일관된 자세를 지니고 있었다.

이「새로운 길」도 연전 1학년 때 쓴 작품으로 후에『문우』지에「자화상」과 함께 발표되었다. 이 시는 "봄이 되면 개나리 진달래와 더불어 이야기를 나누고, 여름이 되면 느티나무 아래에서 대화를 나누던" 연희전문 시절의 생활을 서정적 분위기로 잔잔한 율격에 담아 놓고 있다.

이러한 서정적 분위기와 함께 이「새로운 길」에는 '나는 길이요 진리요 생명이니……'라든가 '내가 갈 길을 모르니 한 걸음씩 이끌어 주소서' 등의 종교적인 상징적 의미까지도 함축되어 있다. 이는 곧 역사적 상황 속에서 나아가야 할 실존적 삶의 방향에 대한 암시라고 할 수 있다. 따라서 그것은 일상적인 생활의 정서적 사물을 통해 "시인의 궁극적 실천 목표나 삶의 지향점이 이웃에의 사랑, 평화로운 지상적 공간 확보"를 환기시키는 상징적 의미를 지니고 있기도 한 셈이다. 그리고 이 '길'은 그의「서시」에 이르러 "별을 노래하는 마음으로/모든 죽어 가는 것을 사랑해야지/그리고 나한테 주어진 길을/걸어가야겠다"는 신념 있는 삶의 자세를 상징적으로 나타내는 묵시적 의미를 담고 있기도 하다.

길

잃어버렸습니다.
무얼 어디다 잃었는지 몰라
두 손이 주머니를 더듬어
길에 나아갑니다.

돌과 돌과 돌이 끝없이 연달아
길은 돌담을 끼고 갑니다.

담은 쇠문을 굳게 닫아
길 위에 긴 그림자를 드리우고

길은 아침에서 저녁으로
저녁에서 아침으로 통했습니다.

돌담을 더듬어 눈물짓다
쳐다보면 하늘은 부끄럽게 푸릅니다.

풀 한 포기 없는 이 길을 걷는 것은

담 저쪽에 내가 남아 있는 까닭이고,

내가 사는 것은, 다만,
잃은 것을 찾는 까닭입니다.

이 「길」이 씌어진

1941년 9월은 윤동주가 매우 고뇌에 휩싸인 무렵이었다. 연희전문 졸업을 앞두고 고향을 다녀온 그는 누상동에서 북아현동으로 하숙을 옮겼다. 이때 새로운 전문 지식의 공부를 위한 일본 유학과 장남으로서 집안을 위한 결혼 문제, 그리고 조선어학회 사건으로 인한 스승 최현배의 구속 등 가중되는 시대적 현실 속에서 지식인으로서의 자기 각성 등이 복합적으로 그를 고뇌의 숲으로 이끌고 있었다. 이러한 개인적인 삶의 고뇌와 시대적인 현실 상황에서 민족적 자아가 위축된 식민지적 삶의 울분 등이 그의 시를 에워싸고 있는 시적 배경들이었다. 이 「길」의 시적 정서의 배경 또한 이러한 개인적인 고뇌와 시대적인 울분 등이 시적 정서의 밑바닥에 깔려 있으며, 잃어버린 자아를 회복하고자 하는 열망을 담고 있다. 여기서 '길'은 미래의 삶과 시대적인 새 세계를 향하는 의식의 통로이며, 이 길을 걷는 것은 "담 저쪽에 남아 있는 나"를 찾아 자아 회복을 향해 가는 의지의 행위인 동시에, 민족의 새 시대를 열망하는 삶의 지속적인 저항의 모습을 상징하기도 하는 시적 자세로 볼 수 있다.

트루게네프의 언덕

나는 고갯길을 넘고 있었다…… 그때 세 소년 거지가 나를 지나
쳤다.

첫째 아이는 잔등에 바구니를 둘러메고, 바구니 속에는 사이다
병, 간즈메*통, 쇳조각, 헌 양말짝 등 폐물*이 가득하였다.

둘째 아이도 그러하였다.

셋째 아이도 그러하였다.

텁수룩한 머리털, 시커먼 얼굴에 눈물 고인 충혈된 눈, 색 잃어
푸르스름한 입술, 너들너들한* 남루*, 찢겨진 맨발,

아아, 얼마나 무서운 가난이 이 어린 소년들을 삼키었느냐!

나는 측은한 마음이 움직이었다.

나는 호주머니를 뒤지었다. 두툼한 지갑, 시계, 손수건…… 있을
것은 죄다 있었다.

그러나 무턱대고 이것들을 내줄 용기는 없었다. 손으로 만지작
만지작거릴 뿐이었다.

다정스레 이야기나 하리라 하고 "얘들아" 불러 보았다.

첫째 아이가 충혈된 눈으로 흘끔 돌아다볼 뿐이었다.

둘째 아이도 그러할 뿐이었다.

셋째 아이도 그러할 뿐이었다.

그리고는 너는 상관없다는 듯이 자기네끼리 소근소근 이야기하면서 고개로 넘어갔다.

　언덕 위에는 아무도 없었다.

　짙어가는 황혼*이 밀려들 뿐—

눈 오는 지도地圖

순이順伊가 떠난다는 아침에 말 못할 마음으로 함박눈이 내려, 슬픈 것처럼 창밖에 아득히 깔린 지도 위에 덮인다.

방안을 돌아다보아야 아무도 없다. 벽과 천정이 하얗다. 방안에까지 눈이 내리는 것일까. 정말 너는 잃어버린 역사처럼 홀홀이 가는 것이냐. 떠나기 전에 일러둘 말이 있던 것을 편지를 써서도 네가 가는 곳을 몰라 어느 거리, 어느 마을, 어느 지붕 밑, 너는 내 마음속에만 남아 있는 것이냐. 네 조그만 발자욱을 눈이 자꾸 내려 덮어 따라갈 수도 없다. 눈이 녹으면 남은 발자욱 자리마다 꽃이 피리니 꽃 사이로 발자욱을 찾아나서면 일 년 열두 달 하냥* 내 마음에는 눈이 내리리라.

이 시는 윤동주의 「소년」과 함께 우리에게 친숙한 '순이'라는 사랑의 대상을 시적 모티프로 하는 작품 가운데 하나이다. 「소년」은 소년의 애상적 그리움의 세계를 그려내어 우리의 유년적 감성을 울리는 데 성공하였고, 「사랑의 전당」에서는 순이와의 이성적이며 육감적인 사랑의 표현을 통해 내적으로는 내면적인 사랑의 표출에 집중되어 있다. 이러한 일련의 '순이'와의 사랑의 시적 표현은 이 「눈 오는 지도」에 이르러 이별의 주제를 형상화하여 단순한 사랑의 감정에 머물지 않고, 우리의 역사와 민족의 애절한 연민과 사랑을 함축적으로 제시하는 데 성공하였다.

「눈 오는 지도」의 시상의 흐름도 순이가 떠나는 아침 창밖에 내리는 함박눈에서 방안으로 옮겨 오면서, '순이'에서 '잃어버린 역사'로 그 상징의 의미망을 확대시키고 있다. 곧 단순한 순이와의 이별의 형상화에 머무르지 않고 잃어버린 역사를 찾아나서는 시대적 소명과 "눈이 녹으면 남은 발자욱 자리마다 꽃이 피리니 꽃 사이로 발자욱을 찾아나서면 일 년 열두 달 하냥 내 마음에는 눈이 내리리라"는 역사 회복의 신념과 확신으로까지 그 상징의 의미를 확대시킨 것이다.

슬픈 족속_{族屬}

흰 수건이 검은 머리를 두르고
흰 고무신이 거친 발에 걸리우다.

흰 저고리 치마가 슬픈 몸집을 가리고
흰 띠가 가는 허리를 질끈 동이다.*

이 「슬픈 족속」은 윤동주가 연희전문 졸업 기념으로 『하늘과 바람과 별과 시』를 간행하려 하였을 때, 스승 이양하가 이 시는 검열을 통과할 수 없을 뿐더러 시집 원고가 영원히 햇빛을 볼 수 없게 될지도 모르니 때를 기다리라고 만류했던 작품으로서 민족의식이 짙게 깔려 있는 시이다. 시인 김정우는 이 시를 읽을 때마다 주일날 교회당으로 예배를 보러 오는 할머니, 아주머니들의 얼굴이 구름처럼 떠오른다고 하였다. 그 당시 한국 사람들이 사는 곳은 어디서나 흔히 볼 수 있는 옷차림이었지만, 예배가 끝나고 교회당 뜨락에서 하얀 머릿수건을 두르고 하얀 치마저고리를 입은 시골 부인네들이 모여 오순도순 함경도 사투리로 이야기하던 광경을 자주 보곤 했다는 것이다. 그는 그 순박한 모습에서 얻어진 심상이 일제에 대한 백의 동포의 슬픔을 읊게 된 원천이 되었을 것이라고 했다.

이렇게 볼 때 이 「슬픈 족속」은 외부 현실과의 대극적 자세에서 내면적 자아 응시와 불안의식을 담고 있던 초기의 작품들과 암담한 현실의 어둠에 대한 자전적 모습들을 형상화하던 습작기의 주제의식에서 탈피하는 한편, 사회적·민족적·역사적 시각으로 시적 관심이 확대됨을 보여 주는 작품이라 하겠다.

아우의 인상화 印象畵

붉은 이마에 싸늘한 달이 서리어
아우의 얼굴은 슬픈 그림이다.

발걸음을 멈추어
살그머니 앳된 손을 잡으며
"늬는 자라 무엇이 되려니"
"사람이 되지"
아우의 설운 진정코 설운 대답이다.

슬며시 잡았던 손을 놓고
아우의 얼굴을 다시 들여다본다.

싸늘한 달이 붉은 이마에 젖어
아우의 얼굴은 슬픈 그림이다.

이 작품은 그의 아우 윤일주와 용정의 그의 집 주위를 산
책하면서 느낀 젊은이의 내적 고뇌와 유년의 이미지를 잘
조화시킨 시다. 1938년 9월 연희전문 첫 방학을 마치고 다
시 서울로 돌아온 그가 고향에서 동생 일주와 나누었던 실
제 대화의 내용을 형상화한 것이다. 아우 윤일주도 "그의
시상의 대부분은 그의 산책길에서 자연을 관조하면서 마
음속에서 우러나고 다듬어진 것이 아닌가 생각된다. 그의
산책길의 옷차림은 삼베나 옥양목의 한복 차림이었고, 손
에는 책이 쥐어져 있지 않은 때가 없었다"고 회상한 바가
있다.

　　이 「아우의 인상화」에서 한 시대의 어두운 현실을 살아
가는 시적 자아의 비극적 모습을 연상할 수 있다. 이 시에
등장된 두 화자의 대화 내용이 암시하는 것은 현실의 고통
스런 상황이 서려 있는 '아우의 슬픈 얼굴'에 응축된 비극
적 자아의 모습이다. 그것은 2연에서 "늬는 자라 무엇이 되
려니"/"사람이 되지"의 문답을 통해 드러난다. 어려운 시대
를 살아가는 비극적 자아의 삶의 모습을 제시한 것이다. 그
러므로 윤동주의 이 「아우의 인상화」는 자전적인 성격을
지니면서 동시에 그 시대를 살아가는 민족적 자아의 삶의
현실을 표상하는 의미로 확대되어 나타난다. 이러한 그의
시적 공간은 동시대의 삶의 공간과 상황을 원천적인 맥락
으로 표상함과 동시에 독자들의 시적 체험과 깊은 연대성
을 지니면서 감동을 자아내고 있다.

소년少年

　여기저기서 단풍잎 같은 슬픈 가을이 뚝뚝 떨어진다. 단풍잎 떨어져 나온 자리마다 봄을 마련해 놓고 나뭇가지 위에 하늘이 펼쳐 있다. 가만히 하늘을 들여다보려면 눈썹에 파란 물감이 든다. 두 손으로 따뜻한 볼을 쓸어 보면 손바닥에도 파란 물감이 묻어난다. 다시 손바닥을 들여다본다. 손금에는 맑은 강물이 흐르고, 맑은 강물이 흐르고, 강물 속에는 사랑처럼 슬픈 얼굴—아름다운 순이順伊의 얼굴이 어린다. 소년은 황홀히 눈을 감아 본다. 그래도 맑은 강물은 흘러 사랑처럼 슬픈 얼굴—아름다운 순이順伊의 얼굴은 어린다.

이 시는 사춘기 소년의 황홀한 감성과 순수한 정서가 '맑은 강물', '하늘', '단풍잎' 등의 이미지를 배경으로 그 시적 애상이 돋보이는 작품이다. 그것은 슬픈 가을, 하늘, 눈썹, 손바닥, 손금, 강물, 순이의 아름다운 얼굴 등으로 시상이 전개되면서 소년의 황홀한 감성을 명료하게 연상시켜 주고 있음에도 드러난다. 그리고 시적 대상이 슬픈 가을, 하늘의 우주적 환상에서 눈썹, 손바닥, 손금에 흐르는 강물, 순이의 아름다운 얼굴로 그 애상의 환상적 상상력이 점점 구체화됨으로써 사랑의 감정을 더욱 고조시켜 놓았다. 이러한 애상의 이미지는 그의 유년 시절에 대한 의식의 심층이 회상적 이미지에 표출되어 시적 감성을 성공적으로 결합하키고 있다.

그러므로 이 「소년」은 소년 시절의 감상적 이미지와 황홀한 감성이 밀접하게 교직되어 손금 위에 어리는 강물과 아름다운 순이의 얼굴이 환상적으로 결합됨으로써 소년의 애상적 그리움의 세계를 표출시킨 서정시로 돋보이는 작품이다.

자화상 自畵像

산모퉁이를 돌아 논가 외딴 우물을 홀로 찾아가선 가만히 들여
다봅니다.

우물 속에는 달이 밝고 구름이 흐르고 하늘이 펼치고 파아란 바
람이 불고 가을이 있습니다.

그리고 한 사나이가 있습니다.
어쩐지 그 사나이가 미워져 돌아갑니다.

돌아가다 생각하니 그 사나이가 가엾어집니다.
도로 가 들여다보니 사나이는 그대로 있습니다.

다시 그 사나이가 미워져 돌아갑니다.
돌아가다 생각하니 그 사나이가 그리워집니다.

우물 속에는 달이 밝고 구름이 흐르고 하늘이 펼치고 파아란 바
람이 불고 가을이 있고 추억처럼 사나이가 있습니다.

이 시는 1939년 9월에 씌어졌으며, 1941년 연희전문 재학 시절 『문우』지에 발표한 작품이다. 우리는 이 시를 읽으면서 외딴 우물의 수면에 비춰진 자신의 모습을 통해 진정한 자아의 모습을 확인하려는 시적 의도를 읽을 수 있다. 이러한 의도는 제1연의 산모퉁이를 돌아 외딴 우물로 찾아가 우물을 들여다보는 행위로부터 마지막 연의 우물 속의 달이 밝고, 구름이 흐르고, 하늘이 펼치고, 파아란 바람이 불고, 가을이 있고, 추억처럼 사나이가 있음을 발견하는 시상의 흐름에 일관되게 드러나 있다. 따라서 우리는 이 시가 그려내는 이미지를 통하여 우리의 의식 속에 잠재된 내적인 자아를 만날 수도 있으며, 유년 시절의 추억의 그림자를 재발견하는 기쁨을 되찾게 될 수도 있을 것이다.

전체 6연으로 구성된 이 시는 산모퉁이의 외딴 우물을 찾아가서 자신의 얼굴을 들여다보고, 그 자신의 얼굴이 미워지고, 가엾어지고, 미워지고, 그리워지는 자아의 반복을 통해 진정한 자아의 확인이라는 시적 주제를 함축적으로 보여 주는 작품이라 하겠다. 그러므로 우리는 이 시를 읽으면서 본래의 자신의 모습을 통해 일제 시대라는 어둠의 상황 속에서 위축당한 민족적 자아의 확인을 꾀하려는 시인의 시 정신을 이해할 수 있을 것이다. 또한 오늘날과 같은 무관심의 세태 속에서 진정한 실존적 자아의 모습을 발견하려는 인간의 끊임없는 내적 노력을 읽어낼 수 있다.

이러한 시적 주제가 나르시시즘의 우물을 대상으로, 그 수면에 비춰지는 물거울의 현상을 통해 스스로의 내면을 비춰 보는 우물의 상상력의 공간 속에 잘 집약되어 나타나고 있다. 이 우물의 상상력의 공간은 달이 밝고, 구름이 흐르고, 하늘이 펼치고, 파아란 바람이 불고, 가을이 있는 우주적인 공간을 반영함으로써, 이 시의 주제를 더욱 선명하게 부각시키는 데 성공하였을 뿐 아니라, 우리 의식의 심층에 존재하는 자아와의 만남을 이루는 우주적인 환상의 분위기로 우리를 유도하는 데 성공하고 있다.

병원病院

    살구나무 그늘로 얼굴을 가리고, 병원 뒤뜰에 누워, 젊은 여자가 흰옷 아래로 하얀 다리를 드러내 놓고 일광욕*을 한다. 한나절이 기울도록 가슴을 앓는다는 이 여자를 찾아오는 이, 나비 한 마리도 없다. 슬프지도 않은 살구나무 가지에는 바람조차 없다.

    나도 모를 아픔을 오래 참다 처음으로 이곳에 찾아왔다. 그러나 나의 늙은 의사는 젊은이의 병을 모른다. 나한테는 병이 없다고 한다. 이 지나친 시련, 이 지나친 피로, 나는 성내서는 안 된다.

    여자는 자리에서 일어나 옷깃을 여미고 화단에서 금잔화 한 포기를 따 가슴에 꽂고 병실 안으로 사라진다. 나는 그 여자의 건강이—아니 내 건강도 속히 회복되기를 바라며 그가 누웠던 자리에 누워 본다.

윤동주는 1941년 「별 헤는 밤」을 완성한 다음, 자선시집의 제목을 '병원'으로 붙이려 하였다. 자필로 꾸민 시집 한 권을 후배인 정병욱에게 보여 주면서 "지금 세상은 온통 환자투성이기 때문이다. 병원이란 앓는 사람을 고치는 곳이기 때문에 혹시 이 시집이 앓는 사람들에게 도움이 될 수 있을지도 모르지 않겠느냐"고 말하면서 시집 제목을 '병원'으로 붙이려한 이유를 이야기한 바 있다.

　이처럼 시대에 대한 시 의식이 바탕에 깔려 있는 「병원」은 제1연에서 '가슴을 앓는 여자'가 일광욕을 하는 정경이, 제2연에서 '젊은이의 병'의 이름 모를 아픔이, 그리고 끝연의 젊은 여자의 병과 내 건강이 속히 회복되기를 바라는 염원을 통해 새로운 삶의 회복을 이루는 상징적 의미를 담고 있는 작품이다. 그러므로 이 「병원」에는 "지금 세상은 온통 환자투성이"라는 그의 시대 인식이 시적 바탕을 이루면서 삶의 건강성 회복과 시대적 어둠을 극복하려는 시적 열망이 표출되어 있다.

간판看板 없는 거리

정거장 플랫폼에
내렸을 때 아무도 없어,

다들 손님들뿐
손님 같은 사람들뿐,

집집마다 간판이 없어
집 찾을 근심이 없어

빨갛게
파랗게
불붙는 문자도 없이

모퉁이마다
자애로운 헌 와사등*에
불을 혀놓고*,

손목을 잡으면

다들, 어진 사람들
다들, 어진 사람들

봄, 여름, 가을, 겨울,
순서로 돌아들고.

이 시는 정거장 플랫폼의 정경을 시적 배경으로 하여 사람들
의 따뜻한 일상적인 생활의 모습을 정답게 그려낸 작품이다. 이
플랫폼은 "봄, 여름, 가을, 겨울/순서로 돌아들"며 "손목을 잡으
면/다들, 어진 사람들"임을 확인하는 생활의 현장이다.

　여기서 윤동주는 인간에 대한 사랑을 유일한 가치로 삼고 있
으며, 인간이 인간을 사랑하고, 자연을 사랑하고, 우주를 사랑
하는 일이 얼마나 숭고한 가치를 지니고 있는가를 확인시켜 주
고 있다. 따라서 그는 윤리나 도덕적 가치를 우위에 두지 않고,
주위의 일상적 생활의 삶이나 모든 사람에 대한 사랑과 연민
을 형상화하여 따뜻한 인간적 사랑의 실현을 가치 있는 것으
로 깨우쳐 주는 사랑의 시인이다.

산상 山上

거리가 바둑판처럼 보이고,
강물이 배암의 새끼처럼 기는
산 우에까지 왔다.
아직쯤은 사람들이
바둑돌처럼 버려 있으리라.

한나절의 태양이
함석지붕*에만 비치고,
굼벵이 걸음을 하는 기차가
정거장에 섰다가 검은 내를 토하고
또 걸음발을 탄다.

텐트 같은 하늘이 무너져
이 거리를 덮을까 궁금하면서
좀 더 높은 데로 올라가고 싶다.

삶과 죽음

삶은 오늘도 죽음의 서곡을 노래하였다.
이 노래가 언제나 끝나랴.

세상 사람은—
뼈를 녹여내는 듯한 삶의 노래에
춤을 춘다.
사람들은 해가 넘어가기 전
이 노래 끝의 공포를
생각할 사이가 없었다.

하늘 복판에 알새기듯이
이 노래를 부른 자가 누구뇨.

그리고 소낙비 그친 뒤같이도
이 노래를 그친 자가 누구뇨.

죽고 뼈만 남은
죽음의 승리자 위인偉人들!

바람이 불어

바람이 어디로부터 불어와
어디로 불려가는 것일까,

바람이 부는데
내 괴로움에는 이유가 없다.

내 괴로움에는 이유가 없을까,

단 한 여자를 사랑한 일도 없다.
시대를 슬퍼한 일도 없다.

바람이 자꾸 부는데
내 발이 반석* 위에 섰다.

강물이 자꾸 흐르는데
내 발이 언덕 위에 섰다.

이 시는 1941년 6월 2일에 씌어진 작품으로 '바람'이 암시하는 시대적 상황 속에서 삶의 자기 확립을 지키고자 하는 자기 다짐의 자세를 읽을 수 있는 작품이다. 민족의 암담한 현실 속에 서 있는 자신의 삶을 객관적으로 성찰하면서, 자신의 괴로움의 이유를 모르는 것을 괴로워하는 시인의 고뇌에 찬 모습을 상기할 수 있다. 한 여자를 사랑한 일도 없고, 시대를 슬퍼한 일도 없다는 역설적인 표현 속에는 민족의 시대적인 어둠 앞에 서 있는 자신의 삶에 대한 냉철한 자기 반성과 함께 "내 발이 반석 위에 섰다 (……) 내 발이 언덕 위에 섰다"고 미래의 삶에 대한 자기 확인과 의지를 굳게 제시함으로써, 어두운 시대를 살아가는 삶의 한 지표를 보여 주고 있다.

　이 「바람이 불어」는 자신의 삶에 대한 엄정한 자기 성찰과 미래의 삶에 대한 굳은 확신을 시적 형상화를 통하여 우리에게 보여 주었다는 점에서 「서시」와 함께 윤동주 시가 이루어 놓은 시적 성과를 또다시 확인할 수 있는 작품이다.

돌아와 보는 밤

세상으로부터 돌아오듯이 이제 내 좁은 방에 돌아와 불을 끄옵니다. 불을 켜두는 것은 너무나 피로롭은 일이옵니다. 그것은 낮의 연장이옵기에─

이제 창을 열어 공기를 바꾸어 들여야 할 텐데 밖을 가만히 내다보아야 방안과 같이 어두워 꼭 세상 같은데 비를 맞고 오던 길이 그대로 비 속에 젖어 있사옵니다.

하루의 울분을 씻을 바 없어 가만히 눈을 감으면 마음속으로 흐르는 소리, 이제 사상思想이 능금처럼 저절로 익어 가옵니다.

이 「돌아와 보는 밤」도 그의 많은 시들에 나타나는 '방'을 시적 공간으로 하여 내면적 자아의 성숙을 꿈꾸는 작품이다. 그의 다른 시들의 구조와 같이 이 「돌아와 보는 밤」도 어두운 바깥 세상에서 돌아와 가만히 눈을 감고 마음속으로 새로운 삶의 사상을 다짐하는 자세로 일관되어 있다.

전 3연으로 짜여진 이 시는 1연에서 낮의 피로한 세상에서 돌아와 불을 끄고 고통의 현실을 잊고 방에서 안식과 평온을 염원하는 진술을 담고 있으며, 2연에서는 방안의 공기를 바꾸어 들이기 위해 창문을 열고 밖을 내다보았으나, 세상은 그대로 어둠에 깔려 있고 돌아오던 길도 빗속에 젖어 있음을 보여 주고, 3연에서 하루 동안의 울분을 씻을 수 없어 눈을 감고 '능금처럼 익어가는 사상'을 가다듬는 시상 전개의 구조를 이루고 있다.

이러한 시상의 흐름은 일제라는 어두운 현실의 고통스러운 상황을 '방'이라는 안식과 평온의 공간에서 냉정하게 바라보면서 새로운 시대적 여망을 염원하고, 이를 통해 미래지향적 삶의 사상을 다짐하는 내용으로 이어진다. 곧 내면적 자아를 강화하는 시 정신을 보여 주는 작품이라 하겠다.

내일은 없다
―어린 마음이 물은

내일 내일 하기에
물었더니
밤을 자고 동틀 때
내일이라고

새날을 찾던 나는
잠을 자고 돌보니*
그때는 내일이 아니라
오늘이더라

무리여!
내일은 없나니
…………

비둘기

안아 보고 싶게 귀여운
산비둘기 일곱 마리
하늘 끝까지 보일 듯이 맑은 공일날 아침에
벼를 거두어 빤빤한 논에
앞을 다투어 모이를 주우며
어려운 이야기를 주고받으오.

날씬한 두 나래로 조용한 공기를 흔들어
두 마리가 나오
집에 새끼 생각이 나는 모양이오.

또 다른 고향 故鄉

고향에 돌아온 날 밤에
내 백골*이 따라와 한방에 누웠다.

어둔 방은 우주로 통하고
하늘에선가 소리처럼 바람이 불어온다.

어둠 속에서 곱게 풍화작용*하는
백골을 들여다보며
눈물짓는 것이 내가 우는 것이냐
백골이 우는 것이냐
아름다운 혼이 우는 것이냐.

지조* 높은 개는
밤을 새워 어둠을 짖는다.

어둠을 짖는 개는
나를 쫓는 것일 게다.

가자 가자
쫓기우는 사람처럼 가자
백골 몰래
아름다운 또 다른 고향에 가자.

이 시에서도 그의 다른 시들이 시적 모티프로 하고 있는

'방'을 중심으로 시상의 전개가 이루어지고 있으며, 아름다운 고
향이라는 새로운 공간을 지향하는 시적 자세가 두드러진 작품
이다. 이 '방'의 시적 공간은 그의 의식이 강화되는 자기 성찰의
공간인 동시에, 또 다른 이상을 향해 나아가고자 하는 삶의 표
상을 상징하는 공간이다. 여기서 그의 대표적인 시들이 보여 주
는 바와 같이, 의식의 자기 성찰과 자기 다짐이라는 삶의 자세
가 형성되는 시상의 핵심은 바로 '방'을 그 모티프로 하고 있다
는 점이다.

이 「또 다른 고향」이 보여 주는 주제의 내용도 고향에 돌아온
날 밤에 누워 시적 '나'와 본능적 자아인 '백골'의 갈등이 나타나
고, 지조 높은 개의 짖음을 통해 백골의 본능적 자아를 벗어나
"아름다운 또 다른 고향"으로 지칭되는 이상 세계로 새롭게 재
생되는 시상을 담고 있다. 윤동주의 시대적 삶의 지조적인 자세
가 뚜렷이 제시된 점에서 이 시의 특징이 나타난다.

참회록*

파란 녹이 낀 구리 거울 속에
내 얼굴이 남아 있는 것은
어느 왕조*의 유물*이기에
이다지도 욕될까.

나는 나의 참회의 글을 한 줄에 줄이자.
─만滿 이십사년 일개월을
　무슨 기쁨을 바라 살아왔던가.

내일이나 모레나 그 어느 즐거운 날에
나는 또 한 줄의 참회록을 써야 한다.
─그때 그 젊은 나이에
　왜 그런 부끄런 고백을 했던가.

밤이면 밤마다 나의 거울을
손바닥으로 발바닥으로 닦아 보자.

그러면 어느 운석* 밑으로 홀로 걸어가는

슬픈 사람의 뒷모양이

거울 속에 나타나온다.

이 「참회록」은 일본 유학을 앞두고 피할 수 없었던 창씨
개명계를 제출하기 직전의 참담한 심정을 담고 있다. 자신의 삶에 대한
참회의 심정을 극명하게 드러내 보여 주는 작품인 것이다. 일제의 집요
한 강요에도 개명을 하지 않고 끝까지 버티던 그가 "조국의 독립을 위
해서 자신이 민족문학을 연구하려면 다만 전문학교 정도의 문학 연구
로는 부족하다"는 생각에서 결심한 일본 유학 때문에 창씨개명을 할 수
밖에 없는 자신의 굴복을 시로써 참회하고 있다. 그러므로 이 「참회록」
은 일본으로 건너가기 직전의 이러한 상황과 밀접하게 관련되어 있는
작품이다.

　　그는 만 24년 1개월 동안의 자신의 삶의 역정을 성찰하고, 그 모습을
통하여 '참회의 마음'과 '자기 다짐의 각오'를 보여 주고 있다. 이 '참회
의 마음'은 조국의 현실과 이웃의 고통에 연민하면서도 현실적인 저항
의 행동을 실천하지 못하는 죄의식의 발로이며, '자아 성찰과 자기 다짐'
은 자아의 존재 방법을 모색하는 과정으로서 인간적 실존 세계를 확립
코자 하는 의지의 표출이다. 그러므로 이러한 참회의 기록을 통하여, 그
는 나라 잃은 시인으로서의 내면적 독백의 세계를 뛰어넘어 보다 궁극
적인 조국의 미래를 향하여 나아가는 발전적 실천자를 갈망하고 있다.

　　이러한 발전적 실천자로서의 자기 다짐은 "내일이나 모레나 그 어느
즐거운 날에/나는 또 한 줄의 참회록을 써야 한다"고 하였듯이 일본 유
학을 결심한 자신의 행위를 참회해야 하는 비장한 자아 각성의 자세를
담고 있기도 하다. 이러한 그의 각성의 자세는 민족 앞에, 또는 '구리 거
울' 속에 비춰지는 자신의 지나온 삶에 대한 참회의 고백을 명증하게
드러내 보이는 순결한 시 정신의 소산이라 할 수 있다.

쉽게 씌어진 시詩

창밖에 밤비가 속살거려
육첩방六疊房*은 남의 나라,

시인이란 슬픈 천명天命*인 줄 알면서도
한 줄 시를 적어 볼까,

땀내와 사랑내 포근히 품긴
보내 주신 학비 봉투를 받아

대학 노트를 끼고
늙은 교수의 강의 들으러 간다.

생각해 보면 어린 때 동무를
하나, 둘, 죄다 잃어버리고

나는 무얼 바라
나는 다만, 홀로 침전*하는 것일까?

인생은 살기 어렵다는데
시가 이렇게 쉽게 씌어지는 것은
부끄러운 일이다.

육첩방六疊房은 남의 나라
창밖에 밤비가 속살거리는데,

등불을 밝혀 어둠을 조금 내몰고,
시대처럼 올 아침을 기다리는 최후의 나,

나는 나에게 작은 손을 내밀어
눈물과 위안으로 잡는 최초의 악수.

이 시는 「흰 그림자」 「사랑스런 추억」 등과 함께 동경
유학 시절에 씌어진 작품으로 이 무렵의 시들이 보여 주는 시
상의 흐름을 그대로 유지하고 있다. 그것은 창밖에 내리는 밤
비의 음산한 분위기를 바탕으로 대학에 늙은 교수의 강의를

들으러 가면서 어린 시절의 친구를 잃어버리고 홀로 침전하는 모습을 비춰 보며 자신의 삶의 태도를 성찰하는 자세에서부터, 방으로 돌아와 "시대처럼 올 아침을 기다리는 최후의 나"로 표상된 신념 있는 삶의 자세에까지 그 시상의 흐름이 일관되어 있다.

이러한 일관된 정신의 자세는 일제의 억압이 가중되는 당대의 현실과 또한 그가 처한 적국의 중심에서 이 시가 씌어졌다는 점에서 더욱 그 정신의 가열성을 확인할 수 있다. 그가 "등불을 밝혀 어둠을 조금 내몰고,/시대처럼 올 아침을 기다리는 최후의 나,//나는 나에게 작은 손을 내밀어/눈물과 위안으로 잡는 최초의 악수"라고 한 데에서 보듯이 민족과 역사에 대한 정신적 감각을 뚜렷이 제시하면서 말과 글을 박탈당한 상황에서 이를 극복해 가는 시대 인식을 아울러 표출시키고 있다. 그러므로 이 「쉽게 씌어진 시」는 시대처럼 올 아침을 기다리는 지조 있는 삶의 한 모습이 부각된 시라고 볼 수 있겠다.

산림山林

시계가 자근자근 가슴을 때려
불안한 마음을 산림이 부른다.

천년 오래인 연륜*에 짜들은* 유암幽暗*한 산림이,
고달픈 한 몸을 포옹할 인연을 가졌나 보다.

산림의 검은 파동* 우으로부터
어둠은 어린 가슴을 짓밟고

이파리를 흔드는 저녁 바람이
쏴— 공포에 떨게 한다.

멀리 첫여름의 개고리 재질댐에
흘러간 마을의 과거는 아질타.*

나무 틈으로 반짝이는 별만이
새날의 희망으로 나를 이끈다.

그 여자女子

함께 핀 꽃에 처음 익은 능금은
먼저 떨어졌습니다.

오늘도 가을바람은 그냥 붑니다.

길가에 떨어진 붉은 능금은
지나는 손님이 집어갔습니다.

창窓

쉬는 시간마다
나는 창녘으로 갑니다.

―창은 산 가르침.

이글이글 불을 피워 주소,
이 방에 찬 것이 서럽니다.

단풍잎 하나
맴도나 보니
아마도 자그마한 선풍旅風*이 인 게외다.

그래도 싸늘한 유리창에
햇살이 쨍쨍한 무렵,
상학종上學鐘*이 울어만 싶습니다.

위로慰勞

거미란 놈이 흉한 심보로 병원 뒤뜰 난간과 꽃밭 사이 사람 발이 잘 닿지 않는 곳에 그물을 쳐 놓았다. 옥외요양*을 받는 젊은 사나이가 누워서 치어다보기 바르게—

나비가 한 마리 꽃밭에 날아들다 그물에 걸리었다. 노오란 날개를 파득거려도 파득거려도 나비는 자꾸 감기우기만 한다. 거미가 쏜살같이 가더니 끝없는 끝없는 실을 뽑아 나비의 온몸을 감아버린다. 사나이는 긴 한숨을 쉬었다.

나이보담 무수한 고생 끝에 때를 잃고 병을 얻은 이 사나이를 위로할 말이—거미줄을 헝클어버리는 것밖에 위로의 말이 없었다.

이 시도 그의 「병원」과 함께 '병원'의 상징적 공간이 시적 배경을 이루면서 삶의 건강성 회복과 시대의 회복을 시적 주제로 담고 있는 작품이다. 전체 3연으로 구성된 이 「위로」는 "무수한 고생 끝에 병을 얻은 사나이"와 이 사나이를 위로하는 "나"로 표상되어, 때를 잃고 고생하는 사나이를 위로하는 행위를 통해 적극적으로 삶의 회복을 이루려는 시적 진술을 함축적으로 제시하고 있다.

이는 1연에서 거미가 쳐 놓은 그물로 표상된 상황과 이를 바라보는 옥외요양을 받는 젊은 사나이, 2연의 나비가 온몸을 감긴 상황과 긴 한숨을 쉬는 사나이 등의 진술이 대응 구조를 이루며 자아의 비극적 현실을 밀도 있게 암시하고 있다. 이러한 화자의 비극적 갈등은 3연에서 위로의 시어로 진술된 바대로 '거미줄을 헝클어버리는' 적극적 대응 자세로 나타난다. 그러므로 윤동주의 「위로」는 '요양을 받는 사나이'와 '나'의 시적 행위를 통하여 '세상은 온통 상처투성이'라는 시대적 관심이 응축된 작품이라 할 수 있다.

유언遺言*

후어—ㄴ 한 방에
유언은 소리 없는 입놀림.

—바다에 진주 캐러 갔다는 아들
　해녀와 사랑을 속삭인다는 맏아들
　이 밤에사 돌아오나 내다봐라—

평생 외롭던 아버지의 운명殞命*
감기우는 눈에 슬픔이 어린다.

외딴집에 개가 짖고
휘양찬 달이 문살*에 흐르는 밤.

이 시는 그의 작품 중 초기의 시적 세계를 보여 주는 작품으로, 임종을 앞둔 아버지가 운명(殞命)하는 상황이 사실적으로 그려져 있다. 이러한 분위기를 민족적 상황과도 결부시켜 그 시적 배경을 이해할 수 있는 작품이다.

이 시의 제목인 '유언'에도 드러나듯이 임종을 앞둔 아버지의 운명의 분위기는 유언을 전할 아들조차 돌아오지 않는 밤이자, 외딴집에 개가 짖고 문살에 달빛만 흐르는 밤으로 매우 처절한 비극적 상황을 이루고 있다.

따라서 이 시는 표면에 깔고 있는 아버지의 운명의 분위기를 통해 어둠의 비극적 시대를 살아가는 인간의 죽음의 한 모습을 제시하려 한 작품이다. 이러한 모습은 곧 우리 민족의 시대적 운명과 다를 바 없다. 한 개인의 죽음을 시대 상황과 결부시켜 그려내고자 한 윤동주의 의식적인 주체의 심각성이 그의 창작 심리의 심층에 깔려 있다고 하겠다.

코스모스

청초한* 코스모스는
오직 하나인 나의 아가씨,

달빛이 싸늘히 추운 밤이면
옛 소녀가 못 견디게 그리워
코스모스 핀 정원으로 찾아간다.

코스모스는
귀또리 울음에도 수줍어지고,

코스모스 앞에 선 나는
어렸을 적처럼 부끄러워지나니,

내 마음은 코스모스의 마음이요
코스모스의 마음은 내 마음이다.

소낙비

번개, 뇌성,* 왁자지근 두다려*
머언 도회지에 낙뢰*가 있어만 싶다.

벼룻장 엎어논 하늘로
살 같은 비가 살처럼 쏟아진다.

손바닥만한 나의 정원이
마음같이 흐린 호수 되기 일쑤다.

바람이 팽이처럼 돈다.
나무가 머리를 이루 잡지 못한다.

내 경건한 마음을 모셔드려
노아 때 하늘을 한 모금 마시다.

간肝

바닷가 햇빛 바른 바위 위에
습한 간을 펴서 말리우자,

코카서스* 산중에서 도망해 온 토끼처럼
둘러리를 빙빙 돌며 간을 지키자,

내가 오래 기르던 여윈 독수리야!
와서 뜯어먹어라, 시름없이

너는 살찌고
나는 여위어야지, 그러나,

거북이야!
다시는 용궁의 유혹에 안 떨어진다.

프로메테우스 불쌍한 프로메테우스
불 도적한 죄로 목에 맷돌을 달고
끝없이 침전하는 프로메테우스.

자선시집 『하늘과 바람과 별과 시』의 간행을 단념한 후 1941년 11월 29일자로 쓴 이 「간」은 시집 간행을 단념할 수밖에 없었던 시대적 고민과 내면적 갈등의 모습이 절실하게 응축된 작품이다.

이 시는 우리 시사에도 드물게 귀토설화와 프로메테우스 신화가 적절하게 교직되어 존재의 궁극에 이르는 발전적인 모습을 그려내고 있는 점에서 매우 중요한 의미를 지니고 있다. 이는 시집 출간을 단념할 수밖에 없었던 시대적 억압이 암시된 고통스런 현실과 내면적 고뇌, 그리고 이상과 현실의 갈등의 모습을 극명하게 그려내고 있음에 더욱 그렇다. 그 당시 민족정신의 부재 현상 속에서 윤동주는 민족의 내면적이고 발전적인 인간상을 토끼와 프로메테우스의 인간형으로 제시하고, 이를 설화와 접합하여 고통스런 현실과 맞서서 유혹과 억압으로부터 자아와 민족의 존재 방법을 찾아내 암시적으로 제시해 놓고 있다.

그것은 고통스런 현실과 맞서서 속죄양과 같은 고통의 길을 택함으로써 보다 강인한 민족 혹은 자아의 존재 방법을 정립시켜 가려는 의지를 담고 있기도 하다. 그러므로 이 「간」은 시집을 간행할 수 없는 참담한 민족적 현실과 이를 받아들일 수밖에 없는 자신의 모습을, 고통을 감내하며 제우스에 대항하는 저항적 인간형으로 상징화하여 제시하고 있다. 이러한 저항적 모습은 "다시는 용궁의 유혹에 안 떨어진다"는 결의와 자기 다짐의 발전적 인간형을 담고 있다.

바다

실어다 뿌리는
바람조차 시원타.

솔나무 가지마다 새침히
고개를 돌리어 삐들어지고,

밀치고
밀치운다.

이랑*을 넘는 물결은
폭포처럼 피어오른다.

해변에 아이들이 모인다
찰찰 손을 씻고 구보*로.

바다는 자꾸 설워진다.
갈매기의 노래에……

돌아다보고 돌아다보고
돌아가는 오늘의 바다여!

고추밭

시들은 잎새 속에서
고 빠알간 살을 드러내 놓고,
고추는 방년芳年*된 아가씬 양
땡볕에 자꾸 익어 간다.

할머니는 바구니를 들고
밭머리에서 어정거리고
손가락 너어는 아이는
할머니 뒤만 따른다.

사랑의 전당殿堂*

순아 너는 내 전殿에 언제 들어왔던 것이냐?
내사 언제 네 전殿에 들어갔던 것이냐?

우리들의 전당은
고풍古風*한 풍습이 어린 사랑의 전당

순아 암사슴처럼 수정눈을 내려감아라.
난 사자처럼 엉클린 머리를 고루련다.

우리들의 사랑은 한낱 벙어리였다.

성스런 촛대에 열熱한 불이 꺼지기 전
순아 너는 앞문으로 내달려라.

어둠과 바람이 우리 창에 부딪치기 전
나는 영원한 사랑을 안은 채
뒷문으로 멀리 사라지련다.

이제 네게는 삼림* 속의 아늑한 호수가 있고
내게는 험준한* 산맥이 있다.

이 시는 윤동주의 시들이 지니고 있는 정서의 테두리에서 다소 거리를 둔 작품이지만 그의 내적 열정의 짙은 정감과 사랑의 균제된 정서를 담고 있는 아름다운 사랑의 시로 보여진다. 3연에서 사랑의 육감적인 모습을 "순아 암사슴처럼 수정눈을 내려감아라/난 사자처럼 엉클린 머리를 고루련다"로 표현하고 있다. 그러나 이러한 리비도의 환영을 통한 열정적인 사랑 행위의 표현은 사랑의 육감을 표출시킨 것이 아니라, 본능과 이성의 조화로운 일체감을 이루는 사랑의 실현을 상징하는 표현이라 할 수 있다. 그것은 "어둠과 바람이 우리 창에 부딪치기 전/나는 영원한 사랑을 안은 채/뒷문으로 멀리 사라지련다"에서 드러나는 현실적 상황에 처한 시인의 자기 희생의 각오와, 사랑의 마음을 영원히 간직하겠다는 사랑의 태도를 통해 더욱 균제된 감정의 결을 접하게 된다. 이러한 그의 사랑의 균제된 감정은 끝연에 이르러 "이제 네게는 삼림 속의 아늑한 호수가 있고/내게는 험준한 산맥이 있다"는 시대적 현실의 고통을 스스로 지키겠다는 희생의 각오 속에 접어듦으로 인하여 민족적 사랑의 신념으로 승화되어 있음을 볼 수 있다.

무얼 먹고 사나

바닷가 사람
물고기 잡아먹고 살고

산골엣 사람
감자 구워먹고 살고

별나라 사람
무얼 먹고 사나.

귀뚜라미와 나와

귀뚜라미와 나와
잔디밭에서 이야기했다.

귀뜰귀뜰
귀뜰귀뜰

아무게도 알으켜 주지 말고
우리 둘만 알자고 약속했다.

귀뜰귀뜰
귀뜰귀뜰

귀뚜라미와 나와
달 밝은 밤에 이야기했다.

흰 그림자

황혼이 짙어지는 길모금*에서
하루종일 시들은 귀를 가만히 기울이면
땅거미* 옮겨지는 발자취* 소리,

발자취 소리를 들을 수 있도록
나는 총명했던가요.

이제 어리석게도 모든 것을 깨달은 다음
오래 마음 깊은 속에
괴로워하던 수많은 나를
하나 둘, 제 고장으로 돌려보내면
거리 모퉁이 어둠 속으로
소리 없이 사라지는 흰 그림자,

흰 그림자들
연연히* 사랑하던 흰 그림자들,

내 모든 것을 돌려보낸 뒤

허전히 뒷골목을 돌아
황혼처럼 물드는 내 방으로 돌아오면
신념*이 깊은 의젓한 양처럼
하루종일 시름없이 풀포기나 뜯자.

이 시는 윤동주가 동경 시절에 쓴 일련의 최후 작품들에

속하는 것으로 시대적 현실을 겪는 시적 자아의 자기 다짐과
신념 있는 삶의 자세를 가다듬는 결의의 목소리가 시적 주제를
이루는 작품이다. 그가 동경 시절에 쓴 다섯 편의 작품에서 보
이는 시적 구조의 특성은 대부분 방을 모티프로 하는 점이다.
시상의 흐름도 문명화된 도시의 황혼의 거리에서 고향과 사랑
하는 사람을 그리워하면서 황혼처럼 물드는 하숙방에 돌아와
미래의 삶을 향한 자기 다짐과 신념 있는 삶의 자세를 계속 지
켜 나가고자 하는 일관된 삶의 완성을 보여 주고 있다는 점에
서 중요한 의미를 지닌다.

이 「흰 그림자」에서도 황혼이 짙어지는 길모퉁이에서 모든
것을 깨달은 다음, 괴로워하던 수많은 자신을 어둠 속으로 돌
려보내면 연연하던 흰 그림자도 소리없이 사라지고 그렇게 자
신의 모든 것을 돌려보낸 후, 황혼이 물드는 방에 돌아와 신념
이 깊은 양처럼 내적 삶을 다지는 내면적 자아로 강화되는 의
식을 보여 준다. 그러므로 이 시는 새 시대의 희원과 열망을 내
적으로 담고 있으면서 미래의 삶을 향한 자기 다짐의 결의와
시대적 현실을 극복해 가는 신념 있는 삶의 자세를 가다듬고
있다는 점에서 어두운 시대를 살아가는 삶의 한 지표를 보여
준다고 하겠다.

비 오는 밤

쏴— 철석! 파도 소리 문살에 부서져
잠 살포시 꿈이 흩어진다.

잠은 한낱 검은 고래떼처럼 살래어,
달랠 아무런 재주도 없다.

불을 밝혀 잠옷을 정성스레 여미는
삼경三更,
염원念願.

동경의 땅 강남江南에 또 홍수질 것만 싶어,
바다의 향수鄕愁보다 더 호젓해진다.

이적異蹟*

발에 터분한 것을 다 빼어버리고
황혼이 호수 위로 걸어오듯이
나도 사뿐사뿐 걸어 보리이까?

내사 이 호숫가로
부르는 이 없이
불리어 온 것은
참말 이적異蹟이외다.

오늘따라
연정戀情,* 자홀自惚,* 시기猜忌,* 이것들이
자꾸 금메달처럼 만져지는구려

하나, 내 모든 것을 여념 없이*
물결에 씻어 보내려니
당신은 호면湖面으로 나를 불러내소서.

산골물

괴로운 사람아 괴로운 사람아
옷자락 물결 속에서도
가슴속 깊이 돌돌 샘물이 흘러
이 밤을 더불어 말할 이 없도다.
거리의 소음과 노래 부를 수 없도다.
그신 듯이* 냇가에 앉았으니
사랑과 일을 거리에 맡기고
가만히 가만히
바다로 가자,
바다로 가자.

이 작품은 「봄」과 함께 자연의 이미지에 윤동주의 내적 정서와 시대적 상황을 적절하게 융해시켜 진한 서정적 감동을 불러일으키는 시다. 이 시를 읽으면 온갖 괴로움의 베일에서 벗어나 그린 듯이 냇가에 앉아 바다로 흘러가는 산골물을 가만히 바라보면서, 시대의 고통과 괴로움을 극복하고 이상과 새 삶의 자리를 찾아가고자 하는 의지를 그려 볼 수 있다. 그것은 "이 밤을 더불어 말할 이 없"는 괴로운 밤에 사랑과 일을 거리에 맡기고 앉아 있는 괴로운 사람과, 산골물이 가만히 바다로 가는 새 세계로의 꿈의 지향이 오버랩되어 그 상징적 이미지를 한층 돋보이게 해놓은 점에서 그 감동의 폭이 두드러진다.

이 시는 사랑의 괴로움과 시대적 사명을 수행하지 못하는 자신의 삶의 세계를 괴로워하면서 희망과 새 시대의 표상인 바다의 세계로 나아가는 시인의 시적 자세가, 바다로 흘러가는 산골물에 비유되어 서정적 감동을 진하게 자아내고 있다.

달같이

연륜이 자라듯이
달이 자라는 고요한 밤에
달같이 외로운 사랑이
가슴 하나 뻐근히
연륜처럼 피어나간다.

장미薔薇 병들어

장미 병들어
옮겨놓을 이웃이 없도다.

달랑달랑 외로이
황마차幌馬車* 태워 산에 보낼거나

뚜― 구슬피
화륜선* 태워 대양에 보낼거나

프로펠러 소리 요란히
비행기 태워 성층권*에 보낼거나

이것저것
다 그만두고

자라가는 아들이 꿈을 깨기 전
이 내 가슴에 묻어다오.

황혼黃昏이 바다가 되어

하루도 검푸른 물결에
흐느적 잠기고…… 잠기고……

저— 웬 검은 고기떼가
물든 바다를 날아 횡단*할꼬.

낙엽이 된 해초
해초마다 슬프기도 하오.

서창西窓에 걸린 해말간 풍경화.
옷고름 너어는 고아의 설움.

이제 첫 항해하는 마음을 먹고
방바닥에 나딩구오…… 딩구오……

황혼이 바다가 되어
오늘도 수많은 배가
나와 함께 이 물결에 잠겼을 게요.

이 시는 해 저무는 황혼의 이미지와 바다의 물결, 해초, 수많은 배 등의 서정적 분위기가 시의 서정을 보다 효과적으로 그려내는 데 성공하였다. 이 시를 읽으면 마치 저물 무렵의 황혼의 물결에 젖어 있는 듯한 분위기에 빠진다. 이러한 황혼의 분위기는 고아의 설움과 해초의 흔들리는 시각적 이미지에 슬픔이 잠겨 있는 서정적 분위기를 담고 있다.

산협山峽의 오후午後

내 노래는 오히려
설운 산울림.

골짜기 길에
떨어진 그림자는
너무나 슬프구나

오후의 명상은
아— 졸려.

비로봉毘盧峰

만상萬象*을
굽어보기란—

무릎이
오들오들 떨린다.

백화白樺*
어려서 늙었다.

새가
나비가 된다.

정말 구름이
비가 된다.

옷자락이
춥다.

사랑스런 추억追憶

봄이 오던 아침, 서울 어느 조그만 정거장에서
희망과 사랑처럼 기차를 기다려,

나는 플랫폼에 간신한 그림자를 떨어트리고,
담배를 피웠다.

내 그림자는 담배 연기 그림자를 날리고
비둘기 한 떼가 부끄러울 것도 없이
나래* 속을 속, 속, 햇빛에 비춰, 날았다.

기차는 아무 새로운 소식도 없이
나를 멀리 실어다 주어,

봄은 다 가고― 동경 교외* 어느 조용한 하숙방에서, 옛 거리에
남은 나를 희망과 사랑처럼 그리워한다.

오늘도 기차는 몇 번이나 무의미하게 지나가고,

오늘도 나는 누구를 기다려 정거장 가차운* 언덕에서 서성거릴
게다.

　—아아 젊음은 오래 거기 남아 있거라.

이 「사랑스런 추억」은 1947년 5월 13일, 「흐르는
거리」「흰 그림자」 등과 함께 동경에서 쓴 시다. 그 중에서 이 시는 과
거 서울 신촌의 정거장에서 희망과 사랑을 안고 기차를 기다리던 추억
을 회상하며 쓴 작품이다. 이러한 그리움의 바탕에는 연전 졸업 무렵,
주일마다 당시 이화여전 졸업반 여학생과 만나던 사랑의 추억이 깔려
있다. 그때 윤동주는 이화여전 음악당을 빌려 쓰던, 케이블 목사가 주
도하던 협성교회에 예배를 보러 다녔다. 예배가 끝나면 집이 같은 방향
인 이들은 석양이 드리워진 신촌역에서 시내로 들어오는 기차를 기다
리며 음악과 문학에 관한 대화를 깊이 주고받기도 했다.
　이 「사랑스런 추억」은 이러한 이화여전 학생과의 사랑스런 추억이
그림처럼 떠오르는 시다. 이 시를 읽으면 희망과 사랑을 안고 정거장에
서 담배를 피워 물고 담배 연기 속으로 석양에 비춰 나는 비둘기 떼를
바라보기도 하고, 또 누군가를 기다리며 정거장 가까운 언덕에서 서성
거리던 추억을 그리워하며 시대의 고뇌에 휩싸여 있는 그의 모습이 뚜
렷이 떠오를 것이다.

비애悲哀

호젓한* 세기의 달을 따라
알듯 모를 듯한 데로 거닐고저!

아닌 밤중에 튀기듯이
잠자리를 뛰쳐
끝없는 광야를 홀로 거니는
사람의 심사는 외로우려니

아— 이 젊은이는
피라밋처럼 슬프구나

명상瞑想

가즐가즐한* 머리칼은 오막살이 처마끝,
쉬파람에 콧마루가 서운한 양 간질키오.

들창 같은 눈은 가볍게 닫혀
이 밤에 연정은 어둠처럼 골골이 스며드오.

흐르는 거리

으스름히 안개가 흐른다. 거리가 흘러간다. 저 전차, 자동차, 모든 바퀴가 어디로 흘리워 가는 것일까? 정박할 아무 항구도 없이, 가련한 많은 사람들을 싣고서, 안개 속에 잠긴 거리는,

거리 모퉁이 붉은 포스트 상자*를 붙잡고 섰을라면 모든 것이 흐르는 속에 어렴풋이 빛나는 가로등, 꺼지지 않는 것은 무슨 상징일까? 사랑하는 동무 박朴이여! 그리고 김金이여! 자네들은 지금 어디 있는가? 끝없이 안개가 흐르는데,

"새로운 날 아침 우리 다시 정답게 손목을 잡아보세" 몇 자 적어 포스트 속에 떨어뜨리고, 밤을 새워 기다리면 금휘장*에 금단추를 삐었고 거인처럼 찬란히 나타나는 배달부, 아침과 함께 즐거운 내림來臨,

이 밤을 하염없이 안개가 흐른다.

이 「흐르는 거리」는 1942년 5월 12일에 그가 입교 대학 영문과에 다닐 때 동경에서 쓴 작품이다. 이 무렵 그는 "우리말 인쇄물이 앞으로 사라질 것이니 무엇이나, 심지어는 악보까지도 사서 모으라"고 동생들에게 당부할 정도로 우리 것에 대한 애착을 보이고 불안정한 시국 정세를 예감하고 있던 때였다.

이 시의 정서적인 분위기도 안개에 밀리는 거리에 서서 바라본, '정박할 항구도 없이' 안개 속에 잠긴 도시의 가련한 생활상을 형상화하면서 옛 친구들을 추억하는 향수를 담고 있다. 따라서 이 시는 적국의 번화한 거리에서 느끼는 향수를 담담한 시선으로 형상화하였는데, 여기에 그의 다정한 인간적 면모가 드러나 있다. 그것은 옛 친구에게 한 장의 엽서를 보내면서 흐뭇해 하고, 또 아침에 올 배달부를 기다리며 즐거워하는 그의 온화하고 따뜻한 모습에도 나타나 있다.

풍경 風景

봄바람을 등진 초록빛 바다
쏟아질 듯 쏟아질 듯 위태롭다.

잔주름 치마폭의 두둥실거리는 물결은,
오스라질 듯 한끝 경쾌롭다.

마스트 끝에 붉은 깃발이
여인의 머리칼처럼 나부낀다.

*

이 생생한 풍경을 앞세우며 뒤세우며
외—ㄴ 하루 거닐고 싶다.

—우중충한 오월 하늘 아래로,
—바닷빛 포기포기에 수놓은 언덕으로.

장

이른 아침 아낙네들은 시들은 생활을
바구니 하나 가득 담아 이고……
업고 지고…… 안고 들고……
모여드오 자꾸 장에 모여드오.

가난한 생활을 골골이* 벌여 놓고
밀려가고 밀려오고……
저마다 생활을 외치오…… 싸우오.

왼 하루 올망졸망*한 생활을
되질하고 저울질하고 자질*하다가
날이 저물어 아낙네들이
쓴 생활과 바꾸어 또 이고 돌아가오.

초 한 대

초 한 대—
내 방에 풍긴 향내를 맡는다.

광명*의 제단*이 무너지기 전
나는 깨끗한 제물*을 보았다.

염소의 갈비뼈 같은 그의 몸,
그의 생명인 심지心志까지
백옥* 같은 눈물과 피를 흘려
불살라버린다.

그리고도 책상머리에 아롱거리며
선녀처럼 촛불은 춤을 춘다.

매를 본 꿩이 도망하듯이
암흑이 창구멍으로 도망한
나의 방에 풍긴
제물의 위대한 향내를 맛보노라.

이 시는 그의 나이 열여섯의 성탄 전야에 씌어진 작품이다. 그가 2~3연에서 초에 빗대어 예수 그리스도를 상징적으로 그려 놓음으로써 의도적으로 밝혀 놓은 12월 24일의 성탄 전야는 기독교적 삶의 분위기가 절정을 이루는 밤이다. 그는 이날 「삶과 죽음」 「내일은 없다」 등세 편의 습작시를 지었다. 이 작품의 시적 분위기도 이러한 신앙적 삶의 자세가 주류를 이루고 있다. 즉, 어둠을 몰아내는 빛의 이미지를 형상화한 것과 자신의 몸을 불태우며 '위대한 향기'를 풍기는 촛불 이미지도 바로 윤동주의 기독교적 삶의 의식을 보여 주는 것이다.

여기서 "초 한 대"는 "그의 몸,/그의 생명인 심지"까지 불태워 어둠을 몰아내는 상징적 표현으로서 현실의 어두운 상황을 극복하고자 하는 의지의 한 표상이라할 수 있다. 따라서 이 작품은 '촛불'로 상징화된 의지의 모습을 통하여 시대적 어둠을 극복하는 주제의식이 시상의 근간을 이루면서 윤동주의 시적 전개를 뚜렷이 제시하는 시라 할 수 있다.

한난계 寒暖計

싸늘한 대리석 기둥에 모가지를 비틀어 맨 한난계,

문득 들여다볼 수 있는 운명한 5척 6촌의 허리 가는 수은주,
마음은 유리관보다 맑소이다.

혈관이 단조로워 신경질인 여론*동물,
가끔 분수 같은 냉소침을 억지로 삼키기에
정력을 낭비합니다.

영하로 손가락질할 수돌네 방처럼 추운 겨울보다
해바라기 만발한 팔월 교정이 이상理想 곱소이다.
피끓을 그날이—

어제는 막 소낙비가 퍼붓더니 오늘은 좋은 날씨올시다.
동저고리 바람에 언덕으로, 숲으로 하시구려—
이렇게 가만가만 혼자서 귓속 이야기를 하였습니다.
나는 또 내가 모르는 사이에—

나는 아마도 진실한 세기의 계절을 따라
하늘만 보이는 울타리 안을 뛰쳐,
역사 같은 포지션을 지켜야 봅니다.

태초太初*의 아침

봄날 아침도 아니고
여름, 가을, 겨울,
그런 날 아침도 아닌 아침에

빠알간 꽃이 피어났네,
햇빛이 푸른데,

그 전날 밤에
그 전날 밤에
모든 것이 마련되었네,

사랑은 뱀과 함께
독毒은 어린 꽃과 함께.

이 시는 윤동주의 기독교적 신화의식을 바탕으로 창세기의 성서적 상황이 묘사된 작품이다. 그가 다닌 명동소학교, 은진중학, 광명중학, 평양 숭실중학, 연희전문, 동경의 입교대학 등이 기독교의 교풍을 지닌 학교였을 뿐만 아니라, 그는 용정 제일교회 등에서 어린이 성경학교 반사로서 신앙 생활을 충실하게 지켰으며, 성경 연구에도 많은 시간을 보냈다.

이러한 그의 신앙 생활 체험과 성경 공부는 이「태초의 아침」을 비롯하여「또 태초의 아침」「새벽이 올 때까지」「이적」「십자가」등의 시들이 쓰여지는 데 결정적인 정서적 바탕을 이루고 있다. 이 시에서도 그의 성서적 체험이 시상의 중심을 이루고 있음을 알 수 있다. 성경의 창세기 편에 나오는 에덴동산의 분위기와 원죄의식이 시적 상황으로 잘 상징화되어 있어서 어두운 시대를 살아가는 당대의 시대적인 여명을 반영해 놓은 작품이라 하겠다.

또 태초太初의 아침

하얗게 눈이 덮이었고
전신주가 잉잉 울어
하나님 말씀이 들려온다.

무슨 계시일까.

빨리
봄이 오면
죄를 짓고
눈이
밝아

이브가 해산*하는 수고를 다하면

무화과* 잎사귀로 부끄런 데를 가리고

나는 이마에 땀을 흘려야겠다.

이 「또 태초의 아침」도 그의 「태초의 아침」과 함께 기독교적
상황이 시의 정서적 핵심을 이루면서 에덴동산의 원죄의식이 바
탕에 깔린 작품이다. 「태초의 아침」이 창세의 신화적 이미지를
형상화한 작품이라면, 이 「또 태초의 아침」은 에덴동산의 성서
체험이 그 시적 배경을 이루면서 시대적 소명에 부응하지 못하
는 부끄러움의 윤리적 죄의식이 핵심을 이루는 주제로 승화된
작품이라 할 수 있다.

그러한 시대적 죄의식은 "무화과 잎사귀로 부끄런 데를 가리
고//나는 이마에 땀을 흘려야겠다"는 시행에 함축적인 표현으로
나타나 있다. 이는 곧 어린 시절부터 기독교적 가풍과 아울러 민
족 독립을 위한 활발한 투쟁이 전개된 북간도와 연희전문의 교
육 환경이 그의 의식의 심층에 매우 깊게 뿌리를 내리고 있다는
것이며, 이러한 의식이 그의 시를 이루는 정서적 바탕으로 표출
되어 있음을 알 수 있다. 결국 이 「또 태초의 아침」도 이러한 그
의 정서적 체험들이 유기적으로 교직된 작품이라 하겠다.

꿈은 깨어지고

꿈은 눈을 떴다
그윽한 유무幽霧*에서.

노래하는 종다리
도망쳐 날아나고,

지난날 봄타령하던
금잔디밭은 아니다.

탑은 무너졌다,
붉은 마음의 탑이—

손톱으로 새긴 대리석 탑이—
하루 저녁 폭풍에 여지없이도,

오오 황폐*의 쑥밭,
눈물과 목메임이여!

꿈은 깨어졌다
탑은 무너졌다.

곡간 谷間

산들이 두 줄로 줄달음질치고
여울이 소리쳐 목이 잦았다.
한여름의 햇님이 구름을 타고
이 골짜기를 빠르게도 건너려 한다.

산등허리에 송아지뿔처럼
울뚝불뚝히 어린 바위가 솟고,
얼룩소의 보드라운 털이
산등성이에 퍼—렇게 자랐다.

3년 만에 고향에 찾아드는
산골 나그네의 발걸음이
타박타박 땅을 고눈다*.
벌거숭이 두루미 다리같이……

헌신짝이 지팡이 끝에
모가지를 매달아 늘어지고,
까치가 새끼의 날발을 태우며 날 뿐,
골짝은 나그네의 마음처럼 고요하다.

팔복 八福
—마태복음 5장 3? 12

슬퍼하는 자는 복이 있나니
슬퍼하는 자는 복이 있나니
슬퍼하는 자는 복이 있나니
슬퍼하는 자는 복이 있나니
슬퍼하는 자는 복이 있나니
슬퍼하는 자는 복이 있나니
슬퍼하는 자는 복이 있나니
슬퍼하는 자는 복이 있나니

저희가 영원히 슬플 것이오.

이 시는 마태복음 5장 3절에서 12절까지의 성경
구절을 역설적으로 시화한 작품이다. 그리스도는 신약의 마태
복음 5장에서 "마음이 가난한 자는 행복하다. 하늘나라가 그들
의 것이다. 슬퍼하는 자는 행복하다. 그들은 위로를 받을 것이
다…… 하늘나라가 그들의 것이다"라고 하면서 하늘나라로 들
어갈 수 있는 인간 구원의 뜻을 강조하였다. 그러나 이 시는 현
실의 참기 어려운 슬픔의 극단을 역설적으로 나타냄으로써 현
실의 괴로움을 시적으로 승화시켜 놓았다. 그것은 "슬퍼하는
자는 복이 있나니"를 계속 반복함으로써 현실의 가중되는 슬픔
의 고통을 시행 속에 중첩해 드러내고, 마지막 별행으로 "저희
가 영원히 슬플 것이오"라고 역설적으로 제시함으로써 현실의
고통의 무게를 더욱 가중시켜 그 현실과 맞서려는 신앙적 태도
를 보이고 있다.

　　따라서 이 시는 현실의 아픔을 종교적 차원에서 해결하려는
것이 아니라, 인간적 고통의 확인을 통해 미래지향적 자기 확
신과 신앙적 다짐을 확인하는 작품이라 할 수 있다. 그것은 이
시가 윤동주의 신앙적 회의기인 1940년 12월에 씌어진 것으
로 추정된다는 점에서 이 무렵 윤동주의 의식에는 현실의 가
중되는 어둠을 극복하는 데는 미래지향적이며 내향적인 정신
의 각성이 절실히 필요하다는 내적 다짐이 강렬했던 것으로 보
인다. 따라서 이 시는 객관적인 슬픔의 확인을 통해 우리 시대
의 정신적인 각성을 은밀히 드러낸 작품이다.

오후午後의 구장球場*

늦은 봄, 기다리던 토요일날
오후 세 시 반의 경성행 열차는
석탄 연기를 자욱히 품기고
지나가고

한 몸을 끄을기에 강하던
공이 자력*을 잃고
한 모금의 물이
불붙는 목을 축이기에
넉넉하다.
젊은 가슴의 피 순환이 잦고,
두 철각*이 늘어진다.

검은 기차 연기와 함께
푸른 산이
아지랑이 저쪽으로
가라앉는다.

양지陽地 쪽

저쪽으로 황토 실은 이 땅 봄바람이
호인胡人*의 물레바퀴처럼 돌아 지나고

아롱진 사월 태양의 손길이
벽을 등진 설운 가슴마다 올올이 만진다.

지도째기 놀음에 뉘 땅인 줄 모르는 애 둘이
한 뼘 손가락이 짧음을 한恨함이여

아서라! 가뜩이나 엷은 평화가
깨어질까 근심스럽다.

새벽이 올 때까지

다들 죽어 가는 사람들에게
검은 옷을 입히시오.

다들 살아 가는 사람들에게
흰 옷을 입히시오.

그리고 한 침대에
가즈런히 잠을 재우시오.

다들 울거들랑
젖을 먹이시오.

이제 새벽이 오면
나팔 소리 들려올 게외다.

이 시에서 '새벽이 올 때까지'의 제목이 상징하는 바가 무엇인가를 밝혀내는 일이 이 작품의 의미를 파악하는 데 매우 중요한 해명의 길이 될 것이다. 이 '새벽'은 "밤을 새워 어둠을 짓는"(「또 다른 고향」) 지조 높은 삶의 신념으로 일관된 자의 새벽일 수도 있을 것이며, "등불을 밝혀 어둠을 조금 내몰고,/시대처럼 올 아침을 기다리는 최후의 나"(「쉽게 씌어진 시」)의 새벽을 포괄적으로 암시하고 있을지도 모르는 새벽이다.

이러한 '새벽'의 상징을 시대적 여명을 밝히는 의미로 볼 때, 이 「새벽이 올 때까지」는 심판의 의식적 상황이 주제의 핵심을 이루고 있다. 그것은 새벽의 나팔 소리에 대한 믿음과 기다림과 소망의 시적 태도를 담고 있기 때문이다. 따라서 이 「새벽이 올 때까지」는 기독교적 종말의식이 짙게 깔린 작품으로서 이러한 역사의 종말 상황에 처한 삶의 모습이 형상화되어 있다. 죽어 가는 사람들과 살아 가는 사람들에게 검은 옷과 흰 옷을 입혀서 '한 침대'에 가지런히 잠을 재우라는 시적 진술은 역사적 의미의 광복을 맞이하는 공동체적 삶의 확인을 상기시켜 주며, 또한 새벽이 오면 나팔 소리가 들려올 것이라는 시대적 여망의 확신은 일제 시대의 어둠을 극복하는 역사적 삶의 신념을 함축하고 있다고 하겠다.

가슴 1

소리 없는 북,
답답하면 주먹으로
두다려 보오.

그래 봐도
후—
가아*는 한숨보다 못 하오.

가슴 2

불 꺼진 화火독을
안고 도는 겨울밤은 깊었다.

재만 남은 가슴이
문풍지 소리에 떤다.

무서운 시간時間

거 나를 부르는 것이 누구요,

가랑잎 이파리 푸르러 나오는 그늘인데,
나 아직 여기 호흡이 남아 있소.

한 번도 손들어 보지 못한 나를
손들어 표할 하늘도 없는 나를

어디에 내 한몸 둘 하늘이 있어
나를 부르는 것이오.

일을 마치고 내 죽는 날 아침에는
서럽지도 않은 가랑잎이 떨어질 텐데……

나를 부르지 마오.

이 시는 1941년 2월 7일에 씌어진 작품으로 우리 민족에 대한 일제의 탄압과 민족 얼을 말살하려는 그들의 획책이 극심하던 무렵에 실존적 극한 상황에 처한 인간의 극한 의식이 명징하게 깔린 작품이다. 1941년은 우리말 탄압과 창씨 개명 강요, 그리고 조선어학회 사건, 민족 언론지들의 폐간과 더불어 그들의 우리 민족에 대한 동화정책이 강요되던 시기로 우리 민족의 극한적 상황이 극에 달할 무렵이었다. 따라서 죽음의 자유조차 누리지 못할 만큼 그들의 억압의 마수는 우리 민족의 생존과 결부된 모든 자유에까지 뻗쳐 있었다.

　　윤동주의 이 「무서운 시간」은 이러한 절박한 민족의 극한 상황이 극명하게 표출된 작품일 뿐만 아니라, 그러한 상황에서도 자신의 삶에 대한 극한 의식을 시적 주제로 수용한 작품이다. 이런 점에서 이 시는 우리 시사에서 실존의식을 시적 관심으로 삼은 보기드문 작품일 뿐만 아니라, 우리 민족이 처한 극한적 상황을 정직하고 결연한 정신으로 그려내고 있다는 점에서 매우 주목되는 작품이다.

거리에서

달밤의 거리
광풍*이 휘날리는
북국의 거리
도시의 진주
전등 밑을 헤엄치는
조그만 인어 나,
달과 전등에 비쳐
한 몸에 둘 셋의 그림자,
커졌다 작아졌다.

괴롬의 거리
회색빛 밤거리를
걷고 있는 이 마음
선풍旋風이 일고 있네
외로우면서도
한 갈피 두 갈피
피어나는 마음의 그림자,
푸른 공상*이
높아졌다 낮아졌다.

창공蒼空

그 여름날
열정의 포플라는
오려는 창공의 푸른 젖가슴을
어루만지려
팔을 펼쳐 흔들거렸다.
끓는 태양 그늘 좁다란 지점에서

천막 같은 하늘 밑에서
떠들던 소나기
그리고 번개를,
춤추던 구름을 이끌고
남방南方으로 도망하고,
높다랗게 창공은 한 폭으로
가지 위에 퍼지고
둥근 달과 기러기를 불러왔다.

푸르른 어린 마음이 이상理想*에 타고,
그의 동경의 날 가을에
조락*의 눈물을 비웃다.

십자가十字架

쫓아오던 햇빛인데
지금 교회당 꼭대기
십자가에 걸리었습니다.

첨탑尖塔*이 저렇게도 높은데
어떻게 올라갈 수 있을까요.

종소리도 들려오지 않는데
휘파람이나 불며 서성거리다가,

괴로웠던 사나이,
행복한 예수 그리스도에게
처럼
십자가가 허락許諾된다면

모가지를 드리우고
꽃처럼 피어나는 피를
어두워가는 하늘 밑에
조용히 흘리겠습니다.

이 시는 윤동주의 신앙적 순절의식이 뚜렷이 나타나는 대표적인 작품이다. 북간도 명동에서 소년 시절을 그와 함께 보낸 시인 김정우는 "나는 그의 「십자가」를 읽을 때마다 동주의 집 뒤에 있는 교회당 둘레의 그림 같은 아름다운 풍경과 어린 시절의 교회 생활이 생각난다"고 회상하고 있다. 어린 시절의 이러한 신앙 체험이 잘 융합된 이 「십자가」에는 시대 상황과 역사의 소명에 순절하고자 하는 자기희생적 삶의 자세가 함축되어 있다. 넷째 연의 "행복한 예수 그리스도에게/처럼/십자가가 허락된다면" "꽃처럼 피어나는 피"를 흘리겠다는 신념을 보이고 있음은 그의 기독교적 삶의 자세와 순절의식의 시적 표현이라 하겠다.

습작기에 쓴 최초의 작품으로 보이는 「초 한 대」에서 "위대한 향내"를 위해 자신의 몸을 불사르는 촛불의 이미지가 이 작품에 이르러 더욱 신앙적으로 구체화되어 나타난 셈이다. 그리고 의도적으로 "처럼"을 독립된 시행으로 구분하여 표현한 것도 그만큼 그리스도의 삶을 따르겠다는 순절의 의지가 강조되어 있음을 보여 준다. 또한 "조용히 흘리겠습니다"의 순절의 결의가 겸허하게 나타나 있는 것도 그의 신앙적 태도의 한 표현이다. 이 「십자가」가 담고 있는 상징의 의미는 "시대 상황과 역사의 소명에 순응, 순절하고자 하는 자신의 이미지"를 함의하고 있다고 하겠다.

이별 離別

눈이 오다 물이 되는 날
잿빛 하늘에 또 뿌연내, 그리고
크다란 기관차는 빼―액― 울며,
조그만 가슴은 울렁거린다.

이별이 너무 재빠르다, 안타깝게도,
사랑하는 사람을,
일터에서 만나자 하고―
더운 손의 맛과 구슬눈물이 마르기 전
기차는 꼬리를 산굽으로 돌렸다.

모란봉牡丹峰에서

앙당한* 소나무 가지에
훈훈한 바람의 날개가 스치고
얼음 섞인 대동강 물에
한나절 햇발이 미끄러지다.

허물어진 성터에서
철모르는 여아女兒들이
저도 모를 이국말로
재잘대며 뜀을 뛰고

난데없는 자동차가 밉다.

눈감고 간다

태양을 사모하는 아이들아
별을 사랑하는 아이들아

밤이 어두웠는데
눈감고 가거라.

가진 바 씨앗을
뿌리면서 가거라.

발부리에 돌이 채이거든
감았던 눈을 와짝 떠라.

이 시는 1941년 5월 31일에 씌어진 작품으로서, 이 무렵 그의 시들이 보여 주는 시적 정서와는 사뭇 다른 면모를 보이고 있다. 곧 이 시는 어두운 시대를 살아가는 의지와 결연한 자세를 꾸밈없이 진솔한 표현으로 압축해 놓은 작품이다.

그의 다른 시들이 어두운 시대의 삶의 의지적인 모습을 영롱한 시적 감수성으로 변용시켜 우리 민족 정서의 수준 높은 차원을 담고 있는 데 비하여, 이 「눈감고 간다」는 그러한 정서에 호소하지 않고 직접 우리의 이성에 와닿는, 고난과 좌절의 시대를 살아가는 삶의 의지적 표현을 통해 주제를 표출시키려한 시다.

닭

한 간間* 계사鷄舍* 그 너머 창공*이 깃들어
자유의 향토를 잊은 닭들이
시들은 생활을 주잘대고
생산의 고노苦勞*를 부르짖었다.

음산한 계사鷄舍에서 쏠려나온
외래종 레구홍,
학원에서 새 무리가 밀려나오는
삼월의 맑은 오후도 있다.

닭들은 녹아드는 두엄*을 파기에
아담한 두 다리가 분주하고
굶주렸던 주두리*가 바지런하다.
두 눈이 붉게 여물도록—

종달새

종달새는 이른 봄날
질디진 거리의 뒷골목이
싫더라.
명랑한 봄하늘,
가벼운 두 나래를 펴서
요염*한 봄노래가
좋더라.
그러나,
오늘도 구멍 뚫린 구두를 끌고,
홀렁홀렁 뒷거리길로
고기새끼 같은 나는 헤매나니,
나래와 노래가 없음인가
가슴이 답답하구나.

달밤

흐르는 달의 흰 물결을 밀쳐
여윈 나무 그림자를 밟으며
북망산을 향한 발걸음은 무거웁고
고독을 반려한* 마음은 슬프기도 하다.

누가 있어만 싶은 묘지에는 아무도 없고,
정적*만이 군데군데 흰 물결에 폭 젖었다.

이 시를 에워싸고 있는 시적 분위기는 고독감과 더불어 북망산·묘지를 통해 드러나는 죽음의 이미지다. 이러한 어두운 정서의 밑바닥에는, 흐르는 달의 흰 물결과 여윈 나무 그림자와 그 정서가 한데 어우러져 있어 짙은 시적 정감에 젖게 한다. 그리고 고독과 죽음에 대한 인식이 감상적 차원을 벗어나 묘지의 어두운 정서의 그림자를 "정적만이 군데군데 흰 물결에 폭 젖었다"는 시각적 환상으로 선명하게 표출시켜 놓고 있다.

밤

오양간 당나귀
아―ㅇ 외마디 울음 울고,

당나귀 소리에
으― 아 아 애기 소스라쳐 깨고,

등잔에 불을 다오.

아버지는 당나귀에게
짚을 한 키 담아 주고,

어머니는 애기에게
젖을 한 모금 먹이고,

밤은 다시 고요히 잠드오.

이 「밤」은 윤동주의 북간도 용정에 있는 고향집 밤의 정경이 연상되는 서경적인 분위기가 시적 정서의 바탕을 이루는 작품이다. 그것은 외양간 당나귀 울음과 그 울음소리에 소스라치게 깨어 우는 아기 울음이 등잔불에 비쳐지고, 아버지는 당나귀에게 짚을 던져 준다. 그리고 어머니는 아기에게 젖을 물려 주어 한밤의 울음을 달램으로써 다시 고요히 잠드는 밤의 정서를 소박하게 형상화시켜 놓았다. 따라서 이 시는 북쪽 지방의 서경적인 밤의 모습을 그려내는 데 성공하고 있다.

산울림

까치가 울어서
산울림,
아무도 못 들은
산울림.

까치가 들었다,
산울림,
저 혼자 들었다,
산울림.

이 시는 산울림의 맑은 이미지를 통해 까치 울음과 산
울림의 여운을 자아내는 작품이다. 산울림의 여운과 까치의 시
적 장치는 이 시가 서경적 환상을 자아내게 하는 산뜻한 감성
을 담아내는 데 성공하고 있다. 이러한 윤동주의 시들은 그의
맑은 심성과 깨끗한 정신의 한 지표를 보여 주는 작품으로서,
우리에게 자연적 정서의 호흡을 함께 할 수 있도록 하는 감동
을 자아낸다.

참새

가을 지난 마당은 하이얀 종이
참새들이 글씨를 공부하지요.

째액째액 입으로 받아 읽으며
두 발로는 글씨를 연습하지요.

하루종일 글씨를 공부하여도
쩩자 한 자밖에는 더 못 쓰는걸.

눈

지난밤에
눈이 소오복히 왔네.

지붕이랑
길이랑 밭이랑
추워한다고
덮어 주는 이불인가 봐.

그러기에
추운 겨울에만 내리지.

조개껍질

아롱아롱 조개껍데기
울 언니 바닷가에서
주워 온 조개껍데기

여긴여긴 북쪽 나라요
조개는 귀여운 선물
장난감 조개껍데기

데굴데굴 굴리며 놀다
짝 잃은 조개껍데기
한 짝을 그리워하네

아롱아롱 조개껍데기
나처럼 그리워하네
물소리 바닷물 소리.

반딧불

가자 가자 가자
숲으로 가자
달조각을 주우러
숲으로 가자.

　　그믐밤 반딧불은
　　부서진 달조각,

가자 가자 가자
숲으로 가자.
달조각을 주우러
숲으로 가자.

이 시는 **달빛이 내린 숲으로** 달조각을 주우러 가자는 유년
적 이미지를, 반딧불을 시적 소재로 하여 명징하게 그려 놓은
동심의 삽화이다. 동심의 순박한 정서를 반딧불과 달빛이 비친
숲으로 이끌어내 동심의 순수한 의식 세계를 마치 한 편의 서
정시로 형상화한 그림 같은 시다.

　　이 「반딧불」은 흔히 동시에 자주 오르내리는 감상적 유년 취
향과는 달리 감정적 요소를 배제하고 시인의 반짝이는 상상력
으로 동심의 유년적 이미지를 그려낸 작품이다.

고향집
―만주에서 부른

헌 짚신짝 끄을고
　　나 여기 왜 왔노
두만강을 건너서
　　쓸쓸한 이 땅에

남쪽 하늘 저 밑에
　　따뜻한 내 고향
내 어머니 계신 곳
　　그리운 고향집

오줌싸개 지도

빨랫줄에 걸어논
　　요에다 그린 지도
지난밤에 내 동생
　　오줌싸 그린 지도

꿈에 가본 엄마 계신
　　별나라 지돈가?
돈 벌러 간 아빠 계신
　　만주땅 지돈가?

굴뚝

산골짜기 오막살이 낮은 굴뚝엔
몽기몽기 웨인 연기 대낮에 솟나,

감자를 굽는 게지 총각애들이
깜박깜박 검은 눈이 모여앉아서
입술에 꺼멓게 숯을 바르고
옛이야기 한 커리*에 감자 하나씩.

산골짜기 오막살이 낮은 굴뚝엔
살랑살랑 솟아나네 감자 굽는 내.

이 「굴뚝」은 산골의 개울가에서 감자를 구워 먹으며, 이야
기를 나누던 유년 시절의 정감 어린 정경을 시적으로 묘
사한 작품이다. 그는 명동학교 다닐 무렵부터 당시 서울
에서 간행되던 『어린이』『아이생활』 등의 아동잡지를
구독하면서 동심의 세계를 시적 소재로 삼고 있었다.

이 시에서도 어린 아이들이 감자를 구워 먹으며 동네
의 비밀스런 이야기를 주고받는 산골 마을의 정경을 한
폭의 그림같이 수놓고 있다. 감자 굽는 연기와 감자 냄
새, 옛이야기를 한 커리씩 돌려가며 나누는 정경이 공감
각적으로 선명하게 부각된 작품이다.

봄

봄이 혈관血管* 속에 시내처럼 흘러
돌, 돌, 시내 가차운 언덕에
개나리, 진달래, 노오란 배추꽃

삼동三冬*을 참아 온 나는
풀포기처럼 피어난다.

즐거운 종달새야
어느 이랑에서나 즐거웁게 솟쳐라.

푸르른 하늘은
아른아른 높기도 한데…….

이 시는 봄의 시적 정서를 예리한 감수성으로 그려낸 작품으로 그의 뛰어난 서정시 중의 한 편이다. 봄의 계절적 이미지를 동적인 시적 호흡에 실어냄으로써 새 삶의 희망찬 의지와 약동하는 숨결이 시상의 전 가락에 배어 있음을 느낄 수 있다. 그것은 "봄이 혈관 속에 시내처럼 흘러" '내'가 "풀포기처럼 피어난다"는 자연의 운행에 자신의 삶의 율동을 편승시켜 형상화함으로써 어두운 시대의 억압적 현실을 넘어서려는 정신의 초월을 시상의 자연적 정서 속에 응축시켜 그려냈기 때문이다. 이 시 역시 그의 뛰어난 감수성을 보여 주는 작품이다.

이러한 자연의 율동적 계절 감각을 통해 어두운 시대의 삶을 극복해 가는 자연적 정서는 이 시의 후반에 자리잡고 있는 종달새의 이미지와 적절하게 교직됨으로써 더욱 그 상징의 의미를 승격시켜 놓고 있다. 그것은 즐거운 종달새가 푸르른 하늘로 솟구친다는 시행 속에 담긴 상징적 의미가 어두운 시대를 헤쳐 나가고자 하는 의지의 숨결, 그리고 삼동을 참아 온 '나'의 시대적 의미와 그 동질성을 지니고 있다는 점에서 더욱 그러하다.

기왓장 내외

비오는날 저녁에 기왓장내외
잃어버린 외아들 생각나선지
꼬부라진 잔등을 어루만지며
쭈룩쭈룩 구슬피 울음웁니다.

대궐지붕 위에서 기왓장내외
아름답던 옛날이 그리워선지
주름잡힌 얼굴을 어루만지며
물끄러미 하늘만 쳐다봅니다.

빗자루

요오리조리 베면 저고리 되고
이이렇게 베면 큰 총 되지.
　　누나하고 나하고
　　가위로 종이 쏠았더니
　　어머니가 빗자루 들고
　　누나 하나 나 하나
　　엉덩이를 때렸소
　　방바닥이 어지럽다고—

　　아아니 아니
　　고놈의 빗자루가
　　방바닥 쓸기 싫으니
　　그랬지 그랬어
패씸하여 벽장 속에 감췄더니
이튿날 아침 빗자루가 없다고
어머니가 야단이지요.

편지

누나!
이 겨울에도
눈이 가득히 왔습니다.

흰 봉투에
눈을 한 줌 넣고
글씨도 쓰지 말고
우표도 붙이지 말고
말쑥하게 그대로
편지를 부칠까요?

누나 가신 나라엔
눈이 아니 온다기에.

눈 오는 날의 추억 어린 감성을 누나에게 편지를 부치는 것으로 형상화하고 있다. 눈 오는 날의 환상 어린 정경과 누나를 향한 그리움의 시적 주제가 매우 정감 어리게 그려진 작품이다. "눈을 한 줌 넣고/글씨도 쓰지 말고/우표도 붙이지 말고" "편지를 부칠까요?"라는 설의적 표현에는 눈 오는 날의 추억과 환상의 이미지를 상상할 수 있도록 해 독자의 공감대를 자극하고 있다.

만돌이

만돌이가 학교에서 돌아오다가
전봇대 있는 데서
돌짜기 다섯 개를 주웠습니다.

전봇대를 겨누고
돌 첫 개를 뿌렸습니다.
―딱―
두 개째 뿌렸습니다.
―아뿔싸―
세 개째 뿌렸습니다.
―딱―
네 개째 뿌렸습니다.
―아뿔싸―
다섯 개째 뿌렸습니다.
―딱―

다섯 개에 세 개……
그만하면 되었다.

내일 시험,
다섯 문제에 세 문제만 하면―
손꼽아 구구를 하여 봐도
허양* 육십 점이다.
볼 거 있나 공차러 가자.

그 이튿날 만돌이는
꼼짝 못 하고 선생님한테
흰 종이를 바쳤을까요.

그렇잖으면 정말
육십 점을 맞았을까요.

황혼黃昏

햇살은 미닫이* 틈으로
길쭉한 일자一字를 쓰고…… 지우고……

까마귀떼 지붕 우으로
둘, 둘, 셋, 넷, 자꾸 날아 지난다.
쑥쑥, 꿈틀꿈틀 북쪽 하늘로,

내사……
북쪽 하늘에 나래를 펴고 싶다.

이 시는 1936년 3월 25일에 씌어진 작품이다. 이 무렵 윤동주는 평양 숭실학교에 재학하면서 하루 종일, 100부 한정판으로 발간된 백석의 시집 『사슴』을 베껴 간직할 정도로 문학에 대한 본격적인 공부에 열중하고 있었다. 그의 습작에의 열의는 숭실중학 기숙사 생활 약 7개월에 이르는 동안 계속되었으며, 이 무렵의 작품에는 반드시 '평양에서'라는 부제를 달아 놓을 정도로 창작의식이 돋보이고 있다.

이 「황혼」에서도 그러한 의식적 습작의 노력이 '쓰고 지우고'로 드러나 있으며, 황혼을 통해 일몰의 이미지를 미닫이 틈으로 새어드는 빛으로 예각화하여 그려내고, 까마귀떼와 자신의 향수의 감정을 융화시켜 고향이 있는 "북쪽 하늘"을 떠올림으로써 황혼의 유년적 그리움의 세계를 담아내고 있다.

햇비

아씨처럼 나린다
보슬보슬 햇비
맞아주자 다같이
    옥수숫대처럼 크게
    닷자엿자 자라게
    햇님이 웃는다
    나보고 웃는다.

하늘다리 놓였다
알롱알롱 무지개
노래하자 즐겁게
    동무들아 이리 오나
    다같이 춤을 추자
    햇님이 웃는다
    즐거워 웃는다.

비행기

머리에 프로펠러가
연잣간 풍차보다
더— 빨리 돈다.

땅에서 오를 때보다
하늘에 높이 떠서는
빠르지 못하다
숨결이 찬 모양이야.

비행기는—
새처럼 나래를
펄럭거리지 못한다
그리고 늘—
소리를 지른다.
숨이 찬가 봐.

버선본*

어머니
누나 쓰다 버린 습자지*는
두었다간 뭣에 쓰나요?

그런 줄 몰랐더니
습자지에다 내 버선 놓고
가위로 오려
버선본 만드는걸.

어머니
내가 쓰다 버린 몽당연필은
두었다간 뭣에 쓰나요?

그런 줄 몰랐더니
천 위에다 버선본 놓고
침 발라 점을 찍곤
내 버선 만드는걸.

호주머니

넣을 것 없어
걱정이던
호주머니는,

겨울만 되면
주먹 두 개 갑북갑북.

햇빛·바람

손가락에 침 발라
쏘옥, 쏙, 쏙,
장에 가는 엄마 내다보려
문풍지를
쏘옥, 쏙, 쏙,

아침에 햇빛이 반짝,

손가락에 침 발라
쏘옥, 쏙, 쏙,
장에 가신 엄마 돌아오나
문풍지를
쏘옥, 쏙, 쏙,

저녁에 바람이 솔솔.

해바라기 얼굴

누나의 얼굴은
　해바라기 얼굴
해가 금방 뜨자
　일터에 간다.

해바라기 얼굴은
　누나의 얼굴
얼굴이 숙어들어
　집으로 온다.

거짓부리*

똑, 똑, 똑,
문 좀 열어 주세요
하룻밤 자고 갑시다.
　　밤은 깊고 날은 추운데
　　거 누굴까?
문 열어 주고 보니
검둥이의 꼬리가
거짓부리한걸.

꼬기요, 꼬기요,
달걀 낳았다.
간난아 어서 집어 가거라.
　　간난이 뛰어가 보니
　　달걀은 무슨 달걀,
고놈의 암탉이
대낮에 새빨간
거짓부리한걸.

애기의 새벽

우리 집에는
닭도 없단다.
다만
애기가 젖 달라 울어서
새벽이 된다.

우리 집에는
시계도 없단다.
다만
애기가 젖 달라 보채어
새벽이 된다.

청소년을 위한

감상의 길잡이

윤동주 시 자세히 읽기
윤동주, 잊을 수 없는 별의 노래 ● 김수복
윤동주 시어사전
논술 포인트 10

윤동주, 잊을 수 없는 별의 노래

김수복

1. 잊을 수 없는 별의 노래

죽는 날까지 하늘을 우러러
한 점 부끄럼이 없기를,
잎새에 이는 바람에도
나는 괴로워했다.
별을 노래하는 마음으로
모든 죽어 가는 것을 사랑해야지
그리고 나한테 주어진 길을
걸어가야겠다.

오늘 밤에도 별이 바람에 스치운다.

—「서시」 전문

이 시는 윤동주가 1941년 11월 20일에 쓴 작품이다. 연희전문 문과 졸업을 앞두고 졸업 기념으로 시집 『하늘과 바람과 별과 시』를 펴내려고 그동안 쓴 시를 자필로 정리하면서 자신의 시 정신을 함축한 이 시를 마지막으로 썼다. 죽는 날까지 하늘을 우러러 한 점 부끄럼이 없기를 잎새에 이는 바람에도 괴로워했던 시인 윤동주, 그는 우리 한국 현대시의 흐름 속에서 영원한 별로 빛나고 있다.

별을 노래하는 마음으로 모든 죽어 가는 것까지도 사랑했던 그는 '나'를 성찰하고, 우주를 사랑하고, 별이 바람에 스치우는 민족의 현실을 깊이 있게 사랑했다. 그래서 그는 '나'와 '우주'와 '민족'을 하나로 생각했다. 우리 시의 흐름 가운데서 '나'를 사랑하고 '나'를 성찰하고 '나'를 부끄럽게 여기면서도 '나'한테 주어진 길을 정직하게 걸어간 시인이 바로 윤동주이다.

그는 우리에게 '나'를 찾기 힘든 세상에서 '나'를 찾는 법을, 부끄러움을 모르는 세상 사람들에게 부끄러워하는 법을, 사랑이 없는 시대에 사랑하는 법을 깨우쳐 주었다.

29세의 짧은 현실적 삶을 살았지만 그는 영원한, 잊을 수 없는 별의 노래를 우리에게 들려주며 우리의 정신 한가운데 살아 있다. '나'를 잃어버리고 방황하는 젊음 앞에도, 길가의 바람에 흔들리는 잎새에도, 깊은 밤 잠 못 이루는 고뇌 곁에도 별의 노래를 들려주고 있다. 그만큼 그는 많은 사랑을 주고받으며 우리와 함께 살고 있는 셈이다.

지금 그는 그의 시처럼,

　　내를 건너서 숲으로
　　고개를 넘어서 마을로

　　어제도 가고 오늘도 갈
　　나의 길 새로운 길

　　민들레가 피고 까치가 날고
　　아가씨가 지나고 바람이 일고

　　나의 길은 언제나 새로운 길
　　오늘도…… 내일도……

　　내를 건너서 숲으로
　　고개를 넘어서 마을로

—「새로운 길」전문

　그는 오늘도 가고 있다. 그가 가는 길은 자신의 고뇌와 민족의 수
난을 넘어서 나를 사랑하고 별을 사랑하고 민족을 사랑하는 자아의
공동체적 길이다. 나를 사랑하는 길이 곧 우주를 사랑하는 길이고

일본 경도 동지사대학 교정에 세워진 윤동주 시비
(1995. 2. 15) 앞면(왼쪽)과 뒷면(오른쪽). 29
세의 짧은 현실적 삶을 살았지만 그는 영원히 잊
을 수 없는 별의 노래를 우리에게 들려주며 우리
의 정신 한가운데 살아 있다.

우주를 사랑하는 길이 곧 민족 수난의 역사를 넘어서서 내와 숲으
로 마을로 돌아올 수 있는 삶의 길이라 하였다. 이 길은 언제나 새
롭고 어제의 길이 아니라 오늘의 길이며 내일의 길이다.

이 길은 그가 즐겨 걸었던 연희전문의 백양로 숲의 은빛 물결이
이는 길일 뿐 아니라, 나의 오늘과 내일로 뻗어 있는 길인 동시에
민족의 역사 앞에 열려 있는 길이었다.

그는 미래에 살았다. 과거나 현재보다도 미래의 언덕을 향해 걸
어 나갔다. 그가 지금 추억처럼 사라진 뒤에도 세월은 70여 년이
흘렀다. 1945년 2월 16일, 그의 별이, 삶이 역사의 마지막 페이지
에서 사라졌지만, 그는 지금 하늘에 빛나는 새로운 별이 되었고, 길
이 되었다.

그의 별에도 봄이 왔다. 그의 무덤에도 이제 잔디가 파릇파릇 돋아났다. 별이 바람에 스치는 밤에도 길이 되어 우리 앞을 걸어가고 있는 것이다.

그는 별이 되어 우리의 밤하늘을 비추고 있다. 이제 그의 첫 페이지와 마지막 역사의 페이지를 펼쳐 가면서 그의 삶과 시에 소중하게 담겨 있는 정신의 우물을 퍼올려야겠다. 거기에는 우리 모두의 잊을 수 없는 추억과 사랑과 별이 있기 때문이다.

2. 아름다운 또 다른 고향에 가자

가자 가자
쫓기우는 사람처럼 가자
백골 몰래
아름다운 또 다른 고향에 가자.

—「또 다른 고향」 부분

한 줌 재로 변한 윤동주의 유해가 북간도 고향으로 돌아오는 날, 흐린 하늘이 금방이라도 눈발을 퍼부어댈 것처럼 잔뜩 웅크리고 있었다. 입춘도, 우수도 이미 지난 2월 말의 절기였다. 그러나 북지의 바람은 조금도 누그러들지 않은 채 아들의 뼈를 안고 돌아오는 아버지 윤영석의 등을 매섭게 내리쳤다.

남의 나라 땅, 그것도 적국 일본의 하늘 아래에서 아들을 화장시켜야만 했던 죄 많은 아버지였다. 그의 온 마음이 산산이 부서지고 있었다.

한·만(韓滿) 국경 지대인 두만강변에 이르자 아버지는 더욱 괴로웠다. 이제 두만강을 건너면 아들은 다시는 조국 본토를 밟을 수 없을 것이었다. 꽁꽁 얼어붙은 강줄기를 타고 올라오는 바람의 채찍이 한층 드세어지는 것 같았다.

윤동주의 유해가 온다는 이야기를 전해 들은 가족 친지들이 북간도 용정(龍井)에 있는 집에서 이백 리나 떨어진 두만강변의 상삼봉역(上三峯驛)까지 마중을 나와 있었다. 윤동주의 서러운 뼈를 담은 유해 상자는 아버지의 손에서 평소 동주를 극진하게 따르던 아우 윤일주(尹一柱, 전 성균관대 교수)의 품으로 옮겨졌다.

기차를 타고 강을 건너가면서 일주는 그날따라 두만강 다리가 몹시도 길게 느껴졌다. 용정 집으로 가는 길도 멀기만 했다. 다른 가족 친지들 모두 비통한 마음을 애써 삭이며 말없이 차창만을 바라보고 있었다. 용정의 정안구(靖安區) 제창로(濟昌路) 1의 20번지, 혼이 된 동주가 유해보다 먼저 가 있을 그리운 집이 거기에 있었다.

장례식은 눈발이 휘날리는 추위 속에서 조촐한 가족장으로 치러졌다. 1945년 3월 6일, 용정 집의 앞뜰에서였다. 윤동주의 가족이 다니던 용정 중앙장로교회 문재린(文在麟, 1896~1985. 문익환 목사의 부

용정의 동산의 그의 묘비 옆에 둘러앉은 가족들. 용정의 겨울이 풀리는 그해 5월 초순, 어느 따뜻한 날을 기다려 가족들은 동주의 묘역에 떼를 입히고 꽃을 심어 단장하였다.

친) 목사의 주관으로 장례가 끝난 뒤 동주는 동산(東山)에 있는 중앙 장로교회의 가족 묘지에 묻혔다.

용정의 겨울이 풀리는 그해 5월 초순, 어느 따뜻한 날을 기다려 가족들은 동주의 묘역에 떼를 입히고 꽃을 심어 단장하였다. 그리고 단오 무렵인 6월 14일에는 묘비를 세웠다. 묘비명은 '시인 윤동주지묘(詩人尹東柱之墓)'—이때에야 비로소 윤동주는 '시인'이라는 관사를 받게 되었다. 비문은 순 한문으로 다음과 같은 내용이었다.

아아, 본관이 파평(坡平)인 고 윤동주 시인, 어린 시절 명동소학을 졸업하고 다시 화룡 현립 제1교 고등과에 들어가 배웠고, 용정 은진중학에서 3년을 수학한 뒤 평양 숭실중학으로 전학하여 1년간 학업을 닦았다. 다시 용정에 돌아와 광명학원 중학부를 우수한 성적으로 졸업하고, 1938년에 경성(京城)의 연희전문학교 문과에 들어가 4년 겨울을 보내고 졸업하였다. 공부는 이미 이루었으나 그 뜻 아직도 남아, 이듬해 4월에 책을 짊어지고 일본으로 건너가 경도(京都)의 동지사대학 문학부에서 진리를 갈고 닦았다. 그러나 어찌 뜻하였으랴. 배움의 바다에 파도가 일어 몸은 자유를 잃고, 배움에 힘썼던 생활은 조롱에 갇힌 새의 운명이 되었으며, 더욱이 병이 더하여 1945년 2월 16일에 운명하니 그때 나이 29세. 그 재질 가히 당세에 쓰일 만하고 시(詩)가 장차 세상에 울려퍼질 만하였는데, 춘풍무정(春風無情)이라, 꽃을 피우고도 열매는 맺지 못하였나니. 아아, 애석하도다. 하현 장로의 손자이며 영석 선생의 아들인 그대, 영민하고 배우기를 즐겨하며 신시(新詩)를 좋아하여 작품이 많았으니 그 필명을 동주(童舟)라 하더라.

당시 적국 일본 땅에서 옥사했다는 사실을 차마 밝힐 수 없었기 때문에 윤동주의 죽음은 "조롱에 갇힌 새"로 비유되었다. 누가 그를 조롱에 가두었던가? 그것은 바로 나라 잃은 이 시대의 역사가 아니었던가? 그렇기에 가족들의 서러움과 안타까움은 더했다.

며칠 동안을 동주의 할아버지 윤하현과 아버지 영석은 비면을 어루만지며 먼저 간 혈육에 대한 정을 달래야 했다.

해방 뒤 최초로『경향신문』1947년 2월 13일자 4면에 소개된 윤동주의 시. 시인 정지용이 윤동주의 생애를 소개하는 짧은 글을 보탰다. 윤동주의 시와 생애는 이런 식으로 세상에 널리 알려지기 시작했다.

윤동주는 그렇게 해서 민족의 아픔이 고스란히 남아 있는 북간도에 묻혔다. 시인 정지용(鄭芝溶)은 이를 두고 "청년 윤동주는 의지가 약하였을 것이다. 그렇기에 서정시에 우수한 것이겠고, 그러나 뼈가 강하였던 것이리라. 그렇기에 일적(日賊)에게 살을 내던지고 뼈를 차지한 것이 아니었던가? (……) 뼈가 강한 죄로 죽은 윤동주의 백골은 이제 고토(故土) 간도에 누워 있다"(『하늘과 바람과 별과 시』서문)라고 했다.

뼈가 강한 죄—이것이 아마도 북간도의 찬 땅에 그 마지막 뼈를 묻은 윤동주의 죽음을 가장 적절하게 보듬어 주는 말이리라. 왜냐하면, 북간도야말로 망국의 한과 함께 조국 독립의 열망이 한동아리(떼지어 행동하는 무리)로 뭉쳐 있는 일제 치하 우리 민족운동의 본

산이었기 때문이다.

그 땅에서 윤동주가 태어났기에 그의 뼈는 강할 수 있었다. 그리고 그의 뼈가 강했던 까닭으로 적의 땅 어두운 감옥에서 "시대처럼 올 아침"을 기다리며 의연하게 죽을 수 있었고, 그러므로 그의 뼈는 북간도로 돌아왔던 것이다.

> 육첩방은 남의 나라
> 창밖에 밤비가 속살거리는데,
>
> 등불을 밝혀 어둠을 조금 내몰고,
> 시대처럼 올 아침을 기다리는 최후의 나,
>
> 나는 나에게 작은 손을 내밀어
> 눈물과 위안으로 잡는 최초의 악수.
>
> ―「쉽게 씌어진 시」 부분

이 민족의 어둡고 쓰라린 역사의 상처를 감싸안으면서 그 척박한 시대를 목메어 노래할 수 있는 한 시인을 탄생시킨 땅 북간도, 지금도 우리에게 그 땅은 어두운 시대의 희생양이 된 시인의 절창(絶唱)을 잊지 못하는 아쉬움의 땅으로 남아 있다. 너무도 순결하고 아름다웠던 한 시인의 혼의 울음을 간직한 채.

3. 명동의 추억

   윤동주는 1917년 윤하현의 외아들인 윤영석(尹永錫, 1895~1962)과
규암 김약연 목사의 누이 김용(金龍, 1891~1948) 사이에서 장남으로
태어났다. 그의 집안은 그 당시 북간도 이주민들이 대부분 가난한
생활을 벗어나지 못하고 있었는 데 비하여 할아버지 윤하현의 대
에는 부자 소리를 들을 만큼 소지주였다.

   동주가 태어난 것은 명동중학교 출신인 아버지 윤영석이 북경(北
京) 유학을 다녀와서 명동중학교 교원으로 있을 때였다.

   동주는 십여 세 때까지 해환(海煥)이라고 불리었다. '동주'란 이
름도 아버지가 지은 것이며 '동(東)' 자는 '명동(明東)'에서 따온 것
이다.

   동주가 태어난 명동촌의 집은 마을에서 돋보이는 큰 기와집이었
다. 명동촌은 한가로운 농촌의 분위기와 신문화의 유입에 따른 이
국적인 정경을 지닌 마을이었다.

   그의 집은 '학교촌'으로 불리는 마을의 동쪽에 자리잡고 있었다.
명동학교로 들어가는 첫 집이었는데 주위에 가랑나무가 우거진 언
덕 아래의 교회당 옆에 자리잡고 있었다. 그의 「자화상」에 등장하
는 우물도 있었다. 그는 이 우물 주위에서 많은 추억의 시간을 보
냈다. "우물 속에는 달이 밝고 구름이 흐르고 하늘이 펼치고 파아
란 바람이 불고 가을이 있고 추억처럼 사나이가 있습니다"라는 시

행처럼 그는 우물 속에 가득히 고여 있는 아름다운 추억을 길어 올리는 유년 체험을 깊이 간직하고 있었다. 바로 이 우물은 그의 비극적 자아의식을 투영하게 된 물거울이었다.

아홉 살 되던 해(1925) 4월 4일 윤동주는 화룡현 명동촌의 명동소학교에 입학하였다. 이 명동소학교는 당시 동만주의 정신적 지주이던 외숙 김약연이 설립하여 운영하고 있었다.

명동촌은 기독교적 신앙과 우국지사들의 투철한 민족의식이 융합되어 점차 민족운동의 본거지로서 그 성격을 굳혀 갔다. 명동촌의 이러한 민족정신의 분위기와 더불어 그 정경 또한 매우 정서적인 그리움을 물씬 자아내는 마을이었다.

명동은 여러 작은 마을이 하나의 집촌으로 형성되어 있었다.

그의 「자화상」과 「십자가」「슬픈 족속」「또 태초의 아침」 등의 시들이 자아내는 정서는 이러한 명동촌의 기독교적 배경과 자연의 아름다운 정취와 깊은 관계를 맺고 있다.

윤동주가 입학한 명동소학교 또한 민족의식이 강한 학교였다.

명동은 특히 항일운동의 중심지로서 민족적 분위기가 깊게 깔려 있었다. 조국을 등지고 쫓겨온 사람, 나라를 다시 찾기 위하여 단장의 슬픔과 결의를 품고 찾아든 애국지사들, 침략자의 착취와 박해에 생존권을 빼앗긴 헐벗은 겨레가 새로운 삶의 길을 찾아 모여든 곳이었다.

윤동주는 명동소학교 4학년(1928) 무렵부터 서울에서 발간되던 아

그의 동갑내기 고종사촌형이자 평생 동지였던
송몽규의 모습.

동잡지를 구독해 볼 정도로 문학에 재질을 보이고 있었다. 그의 고
종사촌이며 동갑내기 형인 송몽규(宋夢奎, 1917~1945)와 함께 『어린
이』『아이생활』이라는 아동잡지를 구독하여 돌려보았다.

5학년 무렵(1929)에 송몽규, 김정우 등과 함께 등사판 문집 『새 명
동』을 발간할 뜻을 품기에 이르렀다. 이 무렵에 썼던 동요·동시 작
품을 이 문집에 발표하였다. 그리고 김약연으로부터 본격적으로 사
사하며 한학을 배우기도 하였다.

명동소학교 시절의 이러한 민족적인 분위기는 동주의 시 「슬픈
족속」과 「바람이 불어」에서 정서적인 바탕을 이루는 이미지로 나
타나 있다.

명동의 자연 정경과 민족주의 색채가 강한 사상적 분위기, 그리

고 기독교적 신앙 체험은 그의 의식 속으로 수렴되어 시적 사상으로 윤색되었다.

4. 어머니, 시인의 노래를 불러 봅니다

1931년 3월 25일 명동소학교를 졸업한 윤동주는, 송몽규·김정우와 함께 명동에서 이십 리 동남쪽의 중국인 도시 대납자(大拉子)에 있는 화룡 현립 제1소학교 6학년에 편입하여 일 년간을 다녔다.

> 어머님, 나는 별 하나에 아름다운 말 한마디씩 불러 봅니다. 소학교 때 책상을 같이했던 아이들의 이름과 패, 경, 옥, 이런 이국 소녀들의 이름과, 벌써 애기 어머니된 계집애들의 이름과, 가난한 이웃 사람들의 이름과, 비둘기, 강아지, 토끼, 노새, 노루, 프랑시스 잠, 라이너 마리아 릴케 이런 시인의 이름을 불러 봅니다.
>
> —「별 헤는 밤」부분

대납자의 중국인 소학교에 다닐 무렵 명동을 중심으로 한 북간도 일대에는 공산·사회주의 사상이 팽배하였다. 이러한 공산주의자들을 피하여 만주 전역에 걸쳐 산재해 살던 중류층 이상의 한인들은 모두 용정으로 옮겨 갔다. 이에 따라서 명동중학교도 그 운영

권이 교회로부터 일반 사회의 유지들 손으로 넘어갔으며, 그후 학교가 완전히 폐교되기에 이르러 학생들은 전원이 용정 은진중학교에 편입되었다.

1931년 늦가을엔 윤동주의 집안도 농토와 집을 소작인에게 맡기고 용정으로 이사를 하였다. 용정은 명동에서 북쪽으로 약 삼십 리 떨어져 있는 인구 십만여 명의 소도시였다. 캐나다 선교부의 제창병원(濟昌病院)이 있었고, 선교사들의 집이 네 채가 있었다.

1932년 4월, 윤동주는 용정의 은진중학교에 입학하였다. 은진중학교는 캐나다 선교부가 경영하는 미션계 학교로서, 한때 시인 모윤숙(毛允淑), 목사 이태준(李泰俊)이 교편을 잡고 있던 명신여학교와 한언덕에 자리잡고 있었다. 그때의 사람들은 학교가 있는 이 언덕을 '영국 언덕'이라고 불렀다.

이 지역은 만주국이 건국되기까지는, 일본 헌병이나 중국 관헌들도 허락 없이는 마음대로 들어갈 수 없는 치외법권 지대였다. 그러므로 우리 한인들은 이 언덕에서 태극기를 휘두르며 애국가를 마음껏 부를 수 있었다. 은진중학교에서도 학교의 행사 때나, 심지어는 학교 조회를 애국가 제창으로부터 시작하였다.

윤동주의 가족이 용정으로 옮겨 와 자리잡은 곳은 용정가(龍井街) 제2구 1동 36호였다. 집은 20평 정도의 초가집이었다. 용정으로 옮겨 온 아버지 윤영석은 인쇄소를 경영하였으나 별로 성공하지 못했다.

숭실중학교 시절의 윤동주(뒷줄 오른편. 그 왼편 안경 쓴 사람이 문익환). 당시 백석의 시집 『사슴』을 도서 관에서 종일 베껴 가면서 시적 언어에 대한 새로운 감 각과 사상을 불어넣는 창작 수련에 열성을 쏟았다.

1935년 봄에 은진중학교 4학년생으로 진급한 윤동주는 그해 9 월 1일 가을 학기가 시작될 때 평양의 숭실중학교 3학년으로 편입 하였다. 숭실중학교는 1897년에 선교사 배위량이 평양부 신양리의 자택에서 열세 명의 학생을 모아 놓고 시작한 학교였다. 그후 1908 년에 대한제국 학부로부터 정식으로 '대학'의 인가를 받은 대학부 와 중학부를 갖춘 관서 제일의 신교육 기관이 되었다.

숭실중학교 시절 첫 객지 생활을 시작하게 된 윤동주는 문학적 인 면에서 새로운 전기를 맞이하게 된다. 18세의 감수성 예민한 청 년 윤동주는 숭실중학교에서의 7개월 동안 무려 15편의 시 작품을 쓴 것이다. 당시 백석의 시집 『사슴』을 도서관에서 종일 베껴 가면 서 시적 언어에 대한 새로운 감각과 사상을 불어넣는 창작 수련에 열성을 쏟았다.

숭실중학교가 신사참배 거부로 폐교당하자 1936년 4월 용정의 광명학원 중학부로 편입했다.

광명중학교에 재학했던 2년 동안에도 그는 많은 양의 작품을 썼다. 1936년 4월에서 연말까지 시 12편, 동시 16편을 썼으며, 1937년 한 해 동안에는 시 15편, 동시 6편을 썼다. 이 중에서 동시 5편은 당시 연길에서 발간되던 어린이 잡지인『카톨릭 소년』에 발표되었다.「병아리」(1936. 11월),「빗자루」(1936. 12월),「오줌싸개 지도」(1937. 1월),「무얼 먹고 사나」(1937. 3월),「거짓부리」(1937. 10월) 등이었다.

5. 그의 동시 세계: 민족 현실의 사실적 투영

동주는 1930년대 우리 문학의 대표적인 작품들을 두루 읽었고, 사상적인 내용에까지도 그 범위를 넓혀 갔다.

그리고 아동문학에 관계되는 책들을 읽으면서, 천진난만한 동심의 세계를 통하여 우리 민족의 현실을 인식하려 한 점은 주목할 만한 일이다. 그것은 일제하의 우리 아동문학이 다분히 민족적인 정서를 고취하려는 민족문학으로서의 성격이 두드러졌기 때문인데, 동주의 아동문학에 대한 관심이 그러한 인식에서 시작되었음을 시사하고 있다.

그의 많은 동시들에서 당시 어두운 현실 속에 살아가는 우리 민족의 모습이 매우 사실적으로 그려져 있는 것은 '꿈이 아닌 사실적 생활이 그려져야 한다'라는 그의 문학관에서 비롯된 것이었다. 실지로 「굴뚝」 「무얼 먹고 사나」 「버선본」 「빗자루」 「오줌싸개 지도」 「편지」 「병아리」 등 많은 동시들에서 민족의 소박하고 순수한 정서가 사실적으로 표현되어 있다.

산골짜기 오막살이 낮은 굴뚝엔
몽기몽기 웨인 연기 대낮에 솟나,

감자를 굽는 게지 총각애들이
깜박깜박 검은 눈이 모여앉아서
입술에 꺼멓게 숯을 바르고
옛이야기 한커리에 감자 하나씩.

산골짜기 오막살이 낮은 굴뚝엔
살랑살랑 솟아나네 감자 굽는 내.

—「굴뚝」 전문

바닷가 사람
물고기 잡아먹고 살고

산골엣 사람
감자 구워먹고 살고

별나라 사람
무얼 먹고 사나.

　　　　　　　　　　　　　　　　—「무얼 먹고 사나」 전문

빨랫줄에 걸어논
　　　요에다 그린 지도
지난밤에 내 동생
　　　오줌싸 그린 지도

꿈에 가본 엄마 계신
　　　별나라 지돈가?
돈 벌러 간 아빠 계신
　　　만주땅 지돈가?

　　　　　　　　　　　　　　　　—「오줌싸개 지도」 전문

헌 짚신짝 끄을고
　　　나 여기 왜 왔노
두만강을 건너서

쓸쓸한 이 땅에

남쪽 하늘 저 밑에
　따뜻한 내 고향
내 어머니 계신 곳
　그리운 고향집

—「고향집」 전문

　위의 동시들은 대부분 1936년에서부터 1938년에 씌어진 것으로 명기되어 있다. 이 당시 아동문학은 국권 상실 시대의 모든 근대적 예술 활동이 그러했듯이 민족·사회적 자아의 발견을 통한 민족 현실의 삶의 정서와 밀접한 관련 아래 있었다. 이러한 아동문학사적 관점에서도 1930년대의 아동문학이 민족주의적 성격을 함유하고 있듯이 윤동주의 동시 역시 그러한 성격의 기초 위에서 쓰여졌다. 그가 구독하여 읽었던 『어린이』 『아이생활』 등의 아동문예지도 국권 상실하의 민족적 슬픔을 달래고 억압된 감정을 해소하는 내용의 민족정서가 담긴 동요, 동시들을 발표하였다. 그러므로 윤동주의 동시관도 그러한 민족적인 색채를 담지 않을 수 없었다.

　따라서 그의 동시 창작은 동시를 통하여 순박하고 티없이 맑은 동심의 세계를 그려냄으로써 어린이를 향한 인간적인 사랑의 정신과, 민족의 비운 속에서도 순수한 동심지향(童心志向)의 의식적 태도

를 통하여 어두운 시대에 대한 정신적 대응을 순진무구한 동심의
세계에서 찾으려는 정신의 소산이었다.

후배 장덕순의 회고에 의하면 1936년 무렵 『어린이』 잡지에 「오
줌싸개 지도」라는 동요를 발표하고 이 작품을 장덕순에게 읽어 주
었다고 한다. 그 내용은 요에 오줌을 싼 지도의 이야기로서 작품을
읽고 난 후 둘 다 오랫동안 웃었다고 한다. 그때 장덕순은 '오줌을
싸고도 부끄럽지 않아서 글까지 쓰고 또 자랑까지 한다'라고 속으
로 생각했다. 그러나 그때의 동주의 웃음은 "오줌 싼 어린이답지 않
게 의젓했고, 티없는 호수의 잔잔한 무늬처럼 아름답기만 했다"고
술회한 바 있다. 그만큼 그는 어린이의 세계를 시적 아름다움으로
성공시켰다.

이와 같이 동주는 유년 시절부터 동심의 세계를 시적 차원에서
바라보았으며, 이러한 인식의 훈련은 그후에 독서와 산책을 통하
여 내면적으로 정리되어 갔다. 그는 방학 때면 반드시 고향으로 돌
아와 그의 집과 마을, 그리고 그 지방의 풍물, 친구들에 이르기까
지 모든 것을 시적 대상으로 삼아 시적 훈련을 쌓아 나갔다.

6. 나의 길, 언제나 새로운 길

윤동주가 연희전문학교에 입학한 것은 1938년 4월 9일이었다.

윤동주에게 존재의 내면적 성찰을 가져온 연희전문 기숙사 정경. 윤동주에게는 지상 위의 모든 아름다운 것, 연민스러운 것들이 모두 하나하나 반짝이는 별과 같은 것이었다.

광명중학교 5학년을 그해 2월 17일에 졸업하고, 고종사촌 송몽규와 함께 연희전문 문과에 입학한 것이다. 동주의 문과 지망은 그의 아버지 윤영석과 심한 대립 끝에 이루어진 선택이었다.

  윤동주는 1938년 3월에서 1941년 12월 연희전문을 졸업할 때까지 약 33편의 작품을 썼다. 그만큼 연희전문 시절은 그의 시적 편력에 중요한 의미를 지니는 기간이었다. 연희전문 시절에 씌어진 작품을 들어 보면「서시」「자화상」「십자가」「또 다른 고향」「간」「별 헤는 밤」「소년」「슬픈 족속」등 그의 작품 중에서 가장 널리 애독되고 있는 시들이 대부분임을 알 수 있다. 그러므로 연희전문

연희전문 시절의 윤동주(왼쪽에서 네 번째). 그 시절 윤동주는 은빛 물결을 이루는 백양로의
터널을 지나 언더우드 동상 앞을 즐겨 걸었다.

시절은 윤동주 문학의 개화기라고 할 수 있다.

연희전문의 민족의식이 깔린 분위기 속에서 기독교 정신과 더불
어 자유사상을 익힌 그는 마음껏 민족의 얼을 시적 상상력으로 승
화시킬 수 있었다.

1938년 입학한 해에는 「새로운 길」「사랑의 전당」을 창작하는
등 본격적인 창작 수업에 정진하였다. 2, 3학년 때에는 학창 생활
과 학과 수업에 몰두한 나머지 몇 편의 작품밖에 쓰지 않았으나, 그
의 대표적인 역작들은 대부분이 이 무렵에 쓰여진 것이다.

이 무렵의 그의 시들이 민족적인 분위기를 안으로 담고 있으면
서 자연의 아름다움과 인간 정신의 준열한 신념까지 표상하고 있

는 것은 연희전문 재학시에 그 문학적 수련이 치열했음을 보여
준다.

그는 학교의 산길이나 서강 들녘을 거닐면서 아름다운 자연의 움
직임을 시적 상상력으로 끌어들여 내향화했으며, 기숙사의 천정 얕
은 다락방, 혹은 교정의 잔디밭을 그의 창작의 산실로 삼고, 일상
적인 생활의 영상들을 그의 준열한 시 정신 속으로 집결시켰다.

특히 연희전문 시절에 그는 은빛 물결을 이루는 백양로의 터널
을 지나 언더우드 동상 앞을 즐겨 걸었다. 이 길을 거닐면서 그는
같은 반의 시인 유영과 함께 당시 교수들의 강의와 연희전문에 얽
힌 전설과 기담을 주고받았다. 교수들이 가르치는 민족의식, 기독
교 정신, 그의 시선이 닿는 모든 풍물, 이런 것들이 그의 의식 속에
용해되었다.

그의 시 「새로운 길」은 이 무렵의 정서를 담고 있다.

　　나의 길은 언제나 새로운 길
　　오늘도…… 내일도……

　　내를 건너서 숲으로
　　고개를 넘어서 마을로

　　　　　　　　　　　　　　　　　　　　　　　—「새로운 길」 부분

이 「새로운 길」은 그가 1학년 때인 5월 10일에 쓴 시다. 후에 연희전문 문과에서 발행한 『문우』지에 그의 「자화상」과 함께 발표되었다. 이 시에 담긴 서정적 분위기와 같이 윤동주는 연희전문 주위의 정경을 시화했다. 박창해는 그의 사색적인 생활을 다음과 같이 증언한 바 있다.

"봄이 되면 개나리, 진달래와 더불어 이야기를 나누고 여름이 되면 느티나무 아래에서 나뭇잎과 대화를 하였습니다. 가을이 되면 연희동 논밭에서 결실을 음미하며 농부들과 사귀었습니다. 겨울에는 연희 숲에서 나무 사이를 거닐며 깊은 사색에 잠기곤 하였습니다. 혹시 남의 눈에 띄는 일이 있어도, 시상을 그리고 있는 것으로 생각하여 주고, 아무도 그를 건드리지 않았습니다. 동주는 일 년 사철을 겨레를 위한 사색의 시간으로 보내는 것이었습니다."

7. 잎새에 이는 바람에도 나는 괴로워했다

윤동주는 언제나 그의 주위에 있는 모든 것을 사랑하였다. 그의 이러한 사랑의 태도는 직설적으로 겉에 드러나는 것이 아니라 항상 따뜻한 인간적 그리움과 내면적 깊이를 담고 있었다. 그는 주위의 작고 보잘것 없는 일에서부터 우주의 삼라만상에 이르기까지, 이웃과 동포와 우주를 향하여 상승적 상상력을 통하여 모든 것을 사랑하였다.

　그의 「서시」에서 두드러지게 상징되어 있듯이 그는 "모든 죽어
가는 것"까지도 사랑의 품속으로 끌어들였다. 이러한 이웃과 사소
한 사물, 동포와 민족에 대한 그의 사랑의 정신은 휴머니즘적인 인
간애와 민족주의적인 동포애를 담고 있었다. 이러한 그의 사랑의
태도는 그에 대한 많은 회상의 글들에서 모두 일치되고 있다.

　그는 방학을 맞아 용정에 있던 집으
로 돌아오면 농사일에 나서서 직접 일
손을 거들었고, 소도 먹이고, 집 단장
이나 집안일을 스스로 찾아 일하였다.
누가 시켜서가 아니라 집안 어른들이
일하시는 것을 옆에서 보며 그대로 책
만 읽고 앉아 있을 수 없는 그의 따뜻
한 마음에서였다.

　그가 연희전문에 다닐 때 여동생 혜
원과 주로 많은 편지를 나누었다. 당
시 고녀생이던 그녀의 편지를 꼼꼼히
읽고 번번이 붉은색의 펜으로 문장을
다듬고 틀린 글씨를 고쳐서 회답과 함
께 되돌려 보내 주곤 하였다. 그만큼
그는 동생들에게도 자상한 사랑을 베

「초 한 대」친필 원고.

풀었다.

  그는 또 당시 소학교 4학년이던 동생 일주에게 교과서에 나오는 북두칠성과 북극성의 위치를 마당에 나가 밤하늘을 가리키면서 요령 있게 가르쳐 주기도 하였다. 그때의 일을 윤일주는 "여름 저녁의 시원한 바람, 어린 나를 안다시피 하던 그의 체취, 별을 가리키던 그의 손가락 등 모든 것이 그립다"고 회상한 바 있다.

  가족에 대한 사랑과 함께 그는 또 산책을 매우 좋아했다. 방학이 되어 고향집으로 돌아와 집안일을 돌보면서도 그는 매일같이 마을 주위의 산길이나 들길을 산책하면서 길가의 조그만 풀꽃들이나 주위의 아름다운 정경을 정서적으로 익혀 나가고 있었다. 이 무렵의 그의 정서적 인식이 「아우의 인상화」에 잘 그려져 있다.

  붉은 이마에 싸늘한 달이 서리어
  아우의 얼굴은 슬픈 그림이다.

  발걸음을 멈추어
  살그머니 앳된 손을 잡으며
  "늬는 자라 무엇이 되려니"
  "사람이 되지"
  아우의 설운 진정코 설운 대답이다.

슬며시 잡았던 손을 놓고
아우의 얼굴을 다시 들여다본다.

싸늘한 달이 붉은 이마에 젖어
아우의 얼굴은 슬픈 그림이다.

—「아우의 인상화」 전문

「아우의 인상화」는 이 무렵 동생 일주와 집 주위를 산책하면서
느낀 젊은이의 내면적 고뇌와 유년적 이미지를 잘 조화시킨 작품
이었다. 윤일주 교수의 회고에도 이 무렵의 그의 따뜻한 인간애와
어려운 시대를 살아가는 시대적 고민이 「아우의 인상화」에 형상화
되었다고 한다. 다음의 글을 보면 이를 알 수 있다.

1938년 9월, 그러니까 첫 방학 뒤에 쓴 그의 시 「아우의 인상화」 속의
그와 나의 대화는 실제 있었던 일로 회상된다. 이렇게 구체적인 사례가
아니라도 그의 시상의 대부분은 그의 산책길에서 자연을 관조하면서 마
음속에서 우러나고 다듬어진 것이 아닌가 생각된다. 그의 산책길의 옷차
림은 삼베나 옥양목의 한복 차림이었고, 손에는 책이 쥐어 있지 않은 때
가 없었다. 사각모나 연희전문 학생들이 잘 쓰던 미국식 맥고모에 곤색
학생복 차림도 참 잘 어울리었다. 그는 은연중에 멋을 부리기도 하였으나
무엇이나 그의 몸에 걸쳐지면 맵시가 나는 듯하였다. 그는 일본에 대한

적개심이 강하여 '하오리'나 '유까다'를 입은 조선 사람을 보면 메스껍다
고 외면하였고 친구들이 일본말로 이야기하여도 애써 우리말로 대하곤
하였다.

8. 아아, 젊음은 오래 거기 남아 있거라

일본으로 건너간 윤동주는 1942년 4월 2일에 동경의 입교대학
의 영문학과 선과 1학년에 입학했다. 입교대학의 학적부에 의하면,
윤동주의 본적은 조선 함경북도 청진군 부포항 67번지이며, 주소
는 '신전구 원락정 4-3 평송영춘'이다. 이 주소는 당시 동경 한인
YMCA 회관에 방 하나를 얻어 투숙하고 있던 숙부 윤영춘의 주소
를 빌린 것이다.

> 황혼이 짙어지는 길모금에서
> 하루종일 시들은 귀를 가만히 기울이면
> 땅거미 옮겨지는 발자취 소리,
>
> 발자취 소리를 들을 수 있도록
> 나는 총명했던가요.

이제 어리석게도 모든 것을 깨달은 다음

오래 마음 깊은 속에

괴로워하던 수많은 나를

하나 둘, 제 고장으로 돌려보내면

거리 모퉁이 어둠 속으로

소리 없이 사라지는 흰 그림자,

흰 그림자들

연연히 사랑하던 흰 그림자들,

내 모든 것을 돌려보낸 뒤

허전히 뒷골목을 돌아

황혼처럼 물드는 내 방으로 돌아오면

신념이 깊은 의젓한 양처럼

하루종일 시름없이 풀포기나 뜯자.

—「흰 그림자」전문

위의 「흰 그림자」는 동경 시절의 첫 번째 작품이다. 4월 14일, 입
교대학 입학 후 열이틀 만에 쓰여졌다. 유학생의 고독함이 행간마
다 배어 있는 이 「흰 그림자」는, 당시 한국 유학생들이 어떠한 심
정으로 하루하루를 살아가고 있었나를 말하고 있다.

　윤동주는 1942년 여름 방학이 끝난 후 경도의 동지사대학으로 편입하게 된다. 동지사대학 학적부에 의하면, 윤동주는 1942년 10월 1일자로 문학부 문화학과 영어영문학 전공(선과)이었다.

　윤동주가 왜 동지사대학으로 옮겼는가는 그 이유가 분명하지 않다. 입교대학 시절의 고독과 향수에서 벗어나고자 했던 것인지도 모른다. 경도에는 사촌 송몽규가 있었던 것이다. 송몽규는 윤동주에게 있어서 단순한 사촌형인 것만이 아니라, 어릴 때부터 강렬한 민족의식을 공유한 '동지'였다. 또 연희전문 출신의 다른 학우들도 경도에는 꽤 있었다.

　윤동주는 경도로 옮겨 와서 좌경구 전중고원정 27 무전 아파트에 주거를 정했다. 좌경구 북백천 동평정정 60번지 청수영일의 집에 있던 송몽규의 하숙집과는 도보 10분 이내의 거리였다.

　무전 아파트는 1936년에 세워진 목조 2층 건물이었다. 여기에는 한국인 학생연맹의 사무국이 있었고, 한국인 하숙생과 그들을 찾아오는 한국인 학생들이 많았다. 이 무전 아파트 자리에는 지금 경도예술단대가 들어서 있다.

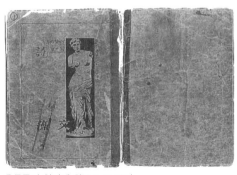

윤동주의 첫번째 원고 노트 표지.

윤동주가 경도 시절에 쓴 작품들은 지금 남아 있지 않다. 1943년 7월 일본 경찰에 체포될 때 모두 압수당하여 유실되었기 때문이다. 그러나 이때도 역시 동주는 시작을 멈추지 않았다. 다음의 윤영춘의 술회를 보면 당시의 윤동주의 시적 정황을 가슴 깊이 느낄 수 있다.

그해(1942년) 겨울 섣달 그믐날, 귀가 도중에 나는 교오또에 들렀다. 밤늦게 거리에 나가서 야시장의 노점에서 파는 오뎅과 삶아 놓고 파는 돼지고기와 두부, 참새고기를 실컷 먹었다. 그날 밤 집에 돌아와 밤이 깊도록 시에 대한 이야기로 일관했다. 독서에 너무 열중해서 얼굴이 파리해진 것을 나는 퍽이나 염려했다. 6도 다다미 방에서 추운 줄도 모르고 새벽 두 시까지 읽고 쓰고 구상하고……. 이것이 그날 그날의 과제인 모양이다. 그의 말을 종합해 보면 프랑스 시를 좋아한다는 이야기와, 프랑시스 잠의 시는 구수해서 좋고 신경질적인 장 콕토의 시는 염증이 나다가도 그 날신날신한 맛이 도리어 매력을 갖게 해서 좋고, 나이두의 시는 조국애에 불타는 열성이 좋다고 하면서, 어떤 때는 흥에 겨워서 무릎을 치기도 했다.
그 다음날인 새해 첫날, 우리들은 비파호로 산책을 떠났다. 교오또의 그 높은 봉을 케이블카에 앉아 넌지시 넘어서 비파호에 이르렀다. 풍경이 하도 좋아 내가 연방 감탄사를 섞어 가며 떠들어도 동주는 이에 대한 반응이 더디었다. 시 한 편이 되어 나오기에 전심령을 집중시켜 부심하고 있다는 것을 그 당장에서 나는 알았다.

윤동주는 이 당시 이미 문학과 인생에 대한 존재론적 철학의 세계를 갖추고 있었다. 또한 민족에 대한 사랑이 충만되어 있었다. 따라서 동주는 송몽규, 그리고 당시 제3고등학교 학생이던 고희욱 등과 함께 일제의 압정과 민족의 장래에 대하여 깊은 대화를 나누었다.

그 대화 내용은, 후일 그들이 체포되어 취조를 받을 적에 작성한 취조문에 상세하게 드러나 있다. 일본『특고경찰월보』(1943)에 '재경도 조선인 학생 민족주의 그룹 사건 책동 개요'라는 제목으로 게재되어 있다.

9. 천재 시인의 죽음

동주는 1943년 여름 방학을 맞이하여 귀향 날짜를 간도의 집에 전보로 알렸다. 그리고 소화물을 부친 후, 역에서 출발을 기다리고 있었다. 그러나 바로 그때, 한 남자가 앞을 가로막으며 동주의 손목에다 수갑을 채웠다. 그가 고우로기라는 일본 형사였다.

1943년 7월 14일에 동주는 체포된 것이었다. 송몽규는 7월 10일에 이미 검거되어 있었다. 1943년 12월 6일에 검찰국으로 송환되어 1944년 2월 22일에 기소되었다.

재판은 분리 진행되어서, 윤동주의 재판은 1944년 3월 31일에 있었고 송몽규에 대한 재판은 4월 13일에 있었다. 적용 법률은 치

안유지법이고 검사의 구형은 각각 징역 3년으로서, 동주는 '미결구류 1백 20일 산입'이 지정된 '징역 2년'이 선고되었고, 송몽규는 미결구류 기간의 산입이 없는 '징역 2년'이 선고되었다.

윤동주가 체포된 후 숙부 윤영춘이 시모가모 경찰서 취조실을 찾았을 때, 윤동주는 책상 앞에 앉아서 자기가 쓴 한국어 시와 산문을 일본어로 번역하는 중이었다. 그 원고 뭉치는 상당히 두꺼웠다. 그 원고들, 그것은 아무래도 윤동주의 경도 시절의 것이었음이 틀림없다.

동주와 몽규 두 사람은 판결이 끝나자 곧 복강 형무소에 투옥되었다. 그러나 실제의 감옥 생활은 경찰서 유치장과 검찰국 유치장에서부터 시작된 셈이었다.

복강 형무소에 수감된 동주는 1944년 6월 이래 한 달에 한 장씩 엽서를 보내 왔다. 한 엽서에서는 '영화 대조 신약 성서(英和對照新約聖書)'를 보내 달라고 부탁했다. 또 그의 아우 윤일주가 "붓 끝을 따라온 귀뚜라미 소리에도 벌써 가을을 느낍니다"라는 글을 써서 보내었더니, 동주는 "너의 귀뚜라미는 홀로 있는 내 감방에서도 울어 준다"라고 적힌 엽서를 보내기도 했다.

그러나 매달 초순이면 꼭 당도하던 엽서가 1945년 2월에는 중순이 다 되어도 오지를 않았다. 집안 사람들은 모두 어찌된 일인가 하여 애를 태우고 있었다. 그러다가 중순이 다 넘어서야 한 장의 전보가 날아들었다. 천재 시인, 민족시인의 죽음을 알리는 비통한 전

●●●●●●●●●●●●●●●●●●●●●●●●●●●●●●●●●●

보였다. 이국의 겨울 하늘 밑, 살을 에이는 추위가 엄습하는 형무
소의 독방 속에서 동주가 숨져 간 것이다.

　동주의 사망을 알리는 전보가 북간도 용정의 고향집으로 도착한
날은 1945년 2월 어느 추운 일요일이었다. 할아버지 윤하현을 비
롯하여 가족들은 모두 교회에 나가고 동생 일주와 광주만이 빈 집
을 지키고 있었다. 오전 열한 시경 날아든 전보는 '2월 16일 동주
사망, 시체 가지러 오라'는 청천벽력의 비보였다.

　이때 동주의 어머니는 건강이 좋지 않아 시골 친척집에 내려가

복강 형무소 전경. 아우 윤일주가 "붓 끝을 따라온 귀뚜라미 소리에도 벌써 가을을 느낍니다"
라는 글을 써서 보내었더니, 윤동주는 "너의 귀뚜라미는 홀로 있는 내 감방에서도 울어 준다"
라고 적힌 엽서를 보내기도 했다.

있었다. 마을 사람을 시골로 보내면서 동주의 사망 소식을 밝히지 말도록 당부하고 어머니를 모셔 오도록 했다.

막상 소식을 전해 들은 그의 어머니는 솟구치는 눈물을 삭이며 가족들을 대하였다. 이러한 어머니의 의연한 자세를 보고 안심한 가족들은 동주의 시신을 어떻게 옮겨 올 것인가 하는 걱정에 시달렸다.

아버지 윤영석은 장남의 시신을 찾으러 나서는 비통함을 가눌 길 없었으나 당시 신경(新京)에 머물고 있던 사촌 윤영춘을 데리고 안동(安東)을 거쳐 후쿠오카로 갔다.

윤영석과 윤영춘이 후쿠오카에 도착했을 때는 동주가 사망한 지 열흘이 지난 후였다. 그래서 이들은 죽은 동주는 후에 찾기로 하고 산 사람부터 찾아야겠다는 생각으로 조카 몽규를 먼저 면회하기로 했다.

면회 절차 수속을 밟으며 그들이 뒤적거리는 서류 속에는 '독립운동'이라는 글자가 한자(漢字)로 죄명에 기입된 것이 눈에 띄었다. 둘이 간수를 따라 옥문을 열고 들어서자 간수는 "몽규와 이야기할 때는 일본말로 할 것, 너무 흥분된 빛을 본인에게 보여서는 안 된다"는 주의를 주었다. 또 '시국에 관한 말은 일체 금지'라는 주의도 받고 면회실 복도에 들어섰다.

저쪽 복도 끝으로 시약실(施藥室)이라는 표지가 붙은 방 앞에 푸른 죄수복을 입은 20대의 한국 청년 오십여 명 가량이 주사를 맞으려고 늘어서 있는 것이 보였다. 몽규도 그 줄 속에 들어 있었다. 반쯤 깨어진 안경을 눈에 걸친 채 면회실 쪽으로 몽규가 달려왔다.

　　몽규는 피골이 상접한 초췌한 모습으로 "어떻게 용케도 이렇게 찾아왔느냐"는 인사의 말을 하는 듯하였으나 윤영석과 영춘은 그 소리조차 저세상에서 들려오는 꿈 같은 소리로 들렸다. 몽규는 입으로 무어라 말하는 듯하였으나 너무나 허기와 고문에 시달렸던지 말소리가 제대로 되지 않았다. 그래서 그들은,

　　"왜 그 모양이냐?"

하고 물었더니 몽규가 간신히 답했다.

　　"저놈들이 주사를 맞으라고 해서 맞았더니 이 모양이 되었고 동주도 이 모양으로……."

윤동주가 옥사한 복강 형무소 정문.

몽규를 만난 그들은 그 길로 시체실로 찾아가 동주를 찾았다. 관 뚜껑을 열고 보니 몸은 상하지 않은 채였다. 구주제대에서 방부제를 써서 시신은 그대로 잘 보존되어 있었다.

이들이 동주의 시신을 지키고 있는 동안 일본 청년 간수 하나가 따라와서 그들에게,

"아하, 동주가 죽었어요. 참 얌전한 사람이…… 죽을 때 무슨 소린지 모르나 외마디를 높게 지르며 운명했지요."

하고 동정하듯 말했다.

이렇게 하여 스물아홉의 젊은 나이에 적국의 싸늘한 감옥에서 절규하며 윤동주는 순절한 것이다. 그의 유해는 후쿠오카의 화장터에서 화장된 후 한 줌의 재로 그가 꿈에도 그리던 아버지와 조국의 품으로 건너왔다.

그의 사인은 아직 미혹에 빠져 있다. 일제에 의해 '뇌일혈'로 규정된 윤동주의 죽음의 원인에 대하여 의문을 제기한 사람은 아이러니컬하게도 일본인 고노에 에이찌이다. 그는 「윤동주, 그 죽음의 수수께끼」(『현대문학』, 1980. 10월)에서 '이름 모를 주사'와 '구주제대 해부용으로 제공함'이란 단서에 주목하여, 윤동주가 일제의 생체 실험에 의해 희생되었을지도 모른다고 추정했다. 고노에 에이찌는 윤동주 등이 맞고 있었던 그 주사가 '혈장 대용 생리식염수'일 수 있다고 주장하였다.

이 생체 실험의 목적은 혈장 대신 식염수 주사가 가능한가를 알

윤동주 3주기를 맞아 간행된『하늘과 바람과 별과 詩』 초간본(1948.3.1). 윤동주는 세상의 어둠을 시의 별빛으로 밝히고자 한, 순결한 영혼의 소유자였다.

아보려는 것이었다. 이것은 전쟁 의학에 꼭 필요한 것이었다. 왜냐하면 전쟁에서는 자주 혈장이 부족하고, 수혈이 필요한 자에게 어느 정도의 대용 혈장, 즉 식염수를 주입할 수 있는가를 해명할 필요가 있었기 때문이다. 또 한 사람의 일본인인 이부끼 고도 역시 고노에 에이찌와 비슷한 의심을 품고 조사한 바가 있었다. 그는 1966년 일본 교정협회가 간행한『전시 행형 실록』에 게재되어 있는 '형무소별 사망자 수 조사'(1943~1946. 1월) 항목에서 근거를 찾는다. 거기에는 복강 형무소의 경우, 1943년에는 64명, 1944년에는 131명, 1945년에는 259명의 사망자 수가 통계로 나와 있다. 재소자 사망률이 이처럼 급격하게 증가하고, 특히 전쟁 말기인 1945년에 259명이라는 대규모 옥사가 있었다는 사실에 주목하여 그가 '생체 실험'에 희생되었을 가능성을 제기하였다.

윤동주 시어사전

주요 시어 풀이/윤동주 연보/윤동주의 문학세계/강처중의 발문
윤동주 시의 문학적 의의

주요 시어 풀이

●「별 헤는 밤」

동경 어떤 대상이나 세계·사회 등을 누리거나 속하고 싶어 그리며 꿈꾸는 것. 또는 어떤 사람을 자기가 되고 싶어하는 희망의 대상으로 삼아 우러르는 것.

이네들 이 무리의 사람들.

아슬히 아스라히.

●「트루게네프의 언덕」

간즈메 통조림의 일본어.

폐물 못 쓰게 된 물건.

너들너들한 너덜너덜한.

남루 옷 따위가 낡고 해져서 너절하다.

황혼 해가 막 져서 어둑어둑한 상태.

●「눈 오는 지도」

하냥 한결같이.

●「슬픈 족속」

동이다 끈이나 새끼·실 따위로 감거나 두르거나 하여 묶다.

●「병원」

일광욕 건강을 목적으로, 또는 피부를 검게 태우기 위해, 온몸을 거의 드러내 놓고 눕거나 앉아서 햇빛을 쬐는 일.

●「간판 없는 거리」

와사등 지난날 '가스등(gas燈)'을 이르던 말.

허놓고 켜 놓고.

●「산상」

함석지붕 함석(겉에 아연을 입힌 얇은 철판. 지붕을 이거나 양동이·대야를 만드는 데 씀)으로 인 지붕.

- **「바람이 불어」**

반석 넓고 편편한 큰 돌. 너럭바위. 아주 견고하고 든든한 것의 비유.

- **「내일은 없다」**

돌보니 돌아보니.

- **「또 다른 고향」**

백골 송장의 살이 썩고 남은 흰 뼈.

풍화작용 지표를 구성하는 암석이 햇빛 · 공기 · 물 · 생물 등의 작용에 의해 점차로 파괴되거나 분해되는 일.

지조 옳은 원칙과 신념을 지켜 끝까지 굽히지 않는 꿋꿋한 의지. 또는, 그러한 기개.

1942년 여름 방학을 맞아 귀향한 윤동주 (뒷줄 오른쪽). 일본으로 건너간 윤동주는 1942년 4월 2일에 동경의 입교대학의 영문학과 선과 1학년에 입학했다.

- **「참회록」**

참회록 지나간 잘못을 참회하여 적은

윤동주(尹東柱) 연보

1917년(1세) 12월 30일, 중화민국 길림성 화룡현 명동촌에서 부친 윤영석 (尹永錫)과 모친 김용(金龍)의 맏아들로 출생. 본관은 파평. 아명은 해환 (海煥).

1924년(8세) 12월, 누이 혜원(惠媛) 출생.

1925년(9세) 4월 4일, 명동소학교 입학. 같은 학년에 고종사촌 송몽규와 문익환 및 당숙 윤영춘, 외사촌 김정우 등이 있었음.

1927년(11세) 12월, 동생 일주(一柱) 출생.

1928년(12세) 서울에서 간행되던 어린이 잡지 『아이생활』 정기구독 시작.

1929년(13세) 급우들과 『새 명동』이란 등사판 잡지를 만듦.

1931년(15세) 3월 25일, 명동소학교 졸업. 송몽규 등과 중국인 소학교 6학년에 편입하여 일 년간 수학. 늦가을 용정으로 이사.

1932년(16세) 4월, 용정 미션계 교육기관인 은진중학교에 송몽규, 문익환과 함께 입학.

1933년(17세) 4월, 동생 광주(光柱) 출생.

1934년(18세) 12월 24일, 현재 찾을

기록.

왕조 같은 왕가(王家)에 속하는 통치자의 계열. 또는, 그 왕가가 다스리는 시대.

유물 선대의 인류가 후세에 삶의 흔적으로서 남긴 물건.

운석 유성(流星)이 대기 중에서 다 타지 않고 지구상에 떨어진 것.

● 「쉽게 씌어진 시」

육첩방 다다미방. 짚과 돗자리로 만든 두꺼운 깔개 여섯 장을 깐 일본식 방.

천명 하늘의 명령. 타고난 운명.

침전 액체 속에 섞여 있는 물질이 밑바닥에 가라앉는 일.

● 「산림」

연륜 여러 해 동안의 노력이나 경험에 의하여 이룩된 숙련의 정도.

짜들은 오래되어서 더러워진. 찌든.

유암 그윽하고 어둠침침하다.

파동 물결의 움직임. 또는 사회적으로 어떤 현상이 퍼져 주위에 그 영향이 미치는 일.

아질타 아득하다.

● 「창」

선풍 회오리 바람.

수 있는 최초의 작품인 시 3편을 창작 기일 명기하여 보관 시작.

1935년(19세) 9월 1일, 은진중학교 1학기를 마치고 평양 숭실중학교로 전학. 편입시험 실패로 3학년으로 들어감. 8월, 백석 시집 『사슴』을 베껴 필사본을 만들어 가짐. 10월, 숭실중학교 학생회 간행의 학우지 『숭실활천』 제15호에 시 「공상」을 게재, 최초로 활자화된 작품으로 남아 있음.

1936년(20세) 3월, 숭실중학교에 대한 일제의 신사참배 강요에 대한 항의 표시로 자퇴. 문익환과 함께 용정으로 돌아와 윤동주는 용정 광명학원 중학부 4학년에, 문익환은 5학년에 편입함.

1937년(21세) 4월, 졸업반인 5학년으로 진급. 9월, 상급학교 진학 문제를 놓고 부친과 심하게 대립, 결국 조부의 개입으로 본인이 원하는 연희전문 문과에 진학하기로 결정됨.

1938년(22세) 2월 17일 광명중학교 졸업. 4월 9일, 서울 연희전문 문과 입학. 대성중학교 4학년을 졸업한 송몽규도 함께 입학. 연전 기숙사 3층 지붕 밑 방에서 송몽규, 강처중과 함께 3인이 한방을 쓰면서 연전 생활 시작.

1939년(23세) 2학년으로 진급. 기숙사를 나와서 북아현동, 서소문 등지

상학종 상학 시간(그날의 공부를 시작하는 시간)을 알리는 종.

● 「위로」

옥외요양 집 밖에서, 휴양하면서 치료하는 것. 또는, 그러한 치료.

● 「유언」

유언 죽음에 임하여 남기는 말.

운명 사람의 목숨이 끊어지는 것.

문살 문에 종이를 바르거나 유리를 끼우는 데 뼈대가 되는 가느다란 나무.

● 「코스모스」

청초한 싱그럽거나 생기 있고 고운.

● 「소낙비」

뇌성 천둥소리.

두다려 소리가 나도록 잇따라 치거나 때리다(=두드리다).

낙뢰 벼락이 떨어지는 것. 또는 그 벼

에서 하숙생활. 북아현동에서 살 때, 라사행과 함께 정지용을 방문, 시에 관한 이야기를 나눔.

1940년(24세) 1939년 9월 이후 작품을 못 쓰다가 12월에 가서야 3편의 시를 씀.

1941년(25세) 5월, 정병욱과 함께 기숙사를 나와 종로구 누상동 소설가 김송 씨 집에서 하숙생활 시작. 12월 27일, 전시 학제 단축으로 3개월 앞당겨 연전 4년을 졸업. 졸업 기념으로 19편의 시를 묶어 『하늘과 바람과 별과 시』란 제목의 시집을 내려 했으나 뜻대로 되지 않음.

1942년(26세) 연전 졸업 후 일본에 갈 때까지 한 달 반 정도 고향집에 머무름. 1월 24일에 쓴 시 「참회록」이 고국에서의 마지막 작품이 됨. 3월, 일본에 건너가 4월 2일에 동경 입교대학 문학부 영문과에 입학.

여름 방학을 맞아 귀향했다가 동북제국대학 편입을 목표로 급히 도일. 그러나 동북제대로 가지 않고 10월 1일에 동지사대학 영문학과에 전입학. 경도에서 하숙생활.

1943년(27세) 7월 10일, 송몽규가 특고경찰에 의해서 하압경찰서에 독립운동 혐의로 검거됨. 7월 14일 윤동주, 고희욱도 검찰에 검거.

1944년(28세) 1월 19일, 고희욱은 기소유예로 석방됨. 2월 22일, 윤동주, 송몽규 기소됨. 3월 31일, 경도지방재판소 제2형사부가 윤동주에게 징역 2년을 선고함. 4월 13일, 송몽규도 경도지방재판소 제1형사부에 의해 징역 2년 선고받음.

1945년(29세) 2월 16일, 오전 3시 36분, 복강 형무소 안에서 외마디 비명을 높이 지르고 운명. 2월 18일, 북간도의 고향집에 사망락.

● 「간」

코카서스 캅카스(Kavkaz)의 영어 표기. 러시아 남부의 카스피 해와 흑해 사이에 있는 산맥를 부르는 이름.

● 「바다」

이랑 갈아 놓은 밭의 한 두 둑과 한 고랑을 합하여 이

연희전문 졸업반 시절 정병욱과 함께한 윤동주.

통지 전보 도착. 부친과 당숙 윤영춘이 복강 형무소에 도착해 먼저 면회해 만난 송몽규로부터 그들이 이름 모를 주사를 강제로 맞고 있으며 동주가 그래서 죽었다는 증언을 들음.

3월 6일, 북간도 용정동산의 중앙교회 묘지에 윤동주 유해 안장.

3월 7일, 복강 형무소에서 송몽규 눈을 뜬 채 운명. 봄이 되자 송몽규 집안에서 「청년문사송몽규지묘(靑年文士宋夢奎之墓)」란 비석을 만들었고, 잇달아 윤동주 집안에서도 「시인윤동주지묘(詩人尹東柱之墓)」란 비석을 세움.

8월 15일, 조국 해방.

1947년 2월 13일, 해방 후에 처음으로 유작 「쉽게 씌어진 시」가 정지용의 소개문과 함께 『경향신문』 지상에 발표됨.

1948년 1월, 유고 31편을 모아서 시집 『하늘과 바람과 별과 시』를 정지용의 서문과 강처중의 발문을 붙여서 정음사(正音社)에서 출간.

1955년 2월, 서거 10주년 기념으로 유고를 더 보충한 증보판 시집 『하늘과 바람과 별과 시』가 정음사에서 출간. 이 증보판 시집부터는 정지용의 서문과 강처중의 발문이 제외됨.

1990년 광복절에 정부가 건국훈장 독립장을 수여. 4월 5일, 북간도의 유지들이 명동 장재촌에 있던 송몽규의 묘를 용정 윤동주의 묘소 근처로 이장함.

1998년 『하늘과 바람과 별과 시』는 판을 거듭하면서 계속 증보. 8월, 윤동주의 작품을 모두 수록한 사진판 시집이 민음사 판으로 나옴. 현재 윤동주의 시집은 여러 나라에서 무수한 판본으로 번역되었음.

경도의 동지사대학. 윤동주는 이 당시 이미 문학과 인생에 대한 존재론적 철학의 세계를 갖추고 있었다.

르는 말.

구보 사람이 달리는 것. 주로 군대나 기타의 집단 등에서 훈련으로 하는 달리기를 가리킴.

● 「고추밭」

방년 20세 전후의, 여자의 꽃다운 나이.

● 「사랑의 전당」

전당 크고 넓은 화려한 집. 어떤 분야의 중심이 되는 건물이나 시설.

고풍 예스러운 풍취.

삼림 넓은 지역에 걸쳐 나무가 우거져 이룬 숲.

험준한 지세가 험하며 높고 가파른.

● 「흰 그림자」

길모금 길목.

땅거미 해가 진 뒤의 어스름.

발자취 발로 밟은 흔적. 또는 지나온 과거의 자취.

연연히 애틋하고 곱게.

신념 자기가 생각하는 바나 행하려고 하는 바에 대해 옳다거나 이룰 수 있다고 믿는 마음의 상태.

● 「비오는 밤」

염원 늘 마음속으로 생각하면서 간절히 바라는 것.

호젓해진다 고요하고 쓸쓸해지다.

● 「이적」

이적 기이한 일. 불가사의한 일. 기적.

연정 이성을 그리워하며 사모하는 마음.

자홀 스스로 도취함.

시기 자신보다 뛰어난 것을 샘내는 마음.

여념 없이 어떤 것에 열중하여 딴 생각을 할 겨를이 없다.

● 「산골물」

그신 듯이 비가 그친 듯이 조용하게.

● 「장미 병들어」

황마차 휘장을 두른 마차.

화륜선 '기선(汽船)'의 개화기 때의 명

칭.

성층권 대류권(對流圈)과
중간권(中間圈) 사이에
있는, 거의 안정된 대기
층. 높이는 약 10~50km.
●「황혼이 바다가 되어」
횡단 대륙이나 대양을 동
서의 방향으로 가로질러
가는 것.
●「비로봉」
만상 형상이 있는 온갖 물건. 삼라만
상.
백화 자작나무.
●「사랑스런 추억」
나래 '날개'의 시적 표현.
교외 들이나 논밭이 비교적 많은, 도
시의 주변.
가차운 가까운.
●「비애」
호젓한 사람의 왕래가 적어 조용하거
나 쓸쓸한.
●「명상」
가츨가츨한 가칠가칠 거끄러운.
●「흐르는 거리」
포스트 상자 우체통.
금휘장 금배지.
●「장」
골골이 '고을고을'의 준말.

복강 형무소 정문.

올망졸망 작고 또렷한 여러 귀여운
것이 고르지 않게 벌여 있는 모양.
자질 자로 재는 일.
●「초 한 대」
광명 밝고 환하다는 뜻으로, 희망이
나 밝은 미래를 상징하는 말.
제단 공물(供物)을 바치기 위하여 다
른 곳과 구별한 성스러운 곳.
제물 '희생물'의 비유.
백옥 흰 빛깔의 옥. 또는, 흰 구슬.
●「한난계」
여롭다 부끄럽다. 창피하다.
●「태초의 아침」
태초 천지가 개벽한 맨 처음. 곧 우주
의 시초. 창초. 태시(太始).
●「또 태초의 아침」
해산 산모가 아이를 낳는 일.
무화과 뽕나무과의 낙엽 활엽 관목.
높이 2~4m. 봄부터 여름에 걸쳐 꽃

이 피고, 열매는 가을에 암자색으로 익으며 식용함. 정원에 주로 심음.

●「꿈은 깨어지고」

유무 짙은 안개.

황폐 거두지 않아 못 쓰게 되는 것.

●「곡간」

고눈다 발굽을 세워 디딘다.

●「오후의 구장」

구장 구기(球技) 종목을 하는 운동장.

자력 제 스스로의 힘.

철각 교량·탑 등을 받치는 쇠로 만든 다리.

●「양지쪽」

호인 만주 사람.

●「가슴 1」

가아 가위눌림.

●「거리에서」

광풍 미친 듯이 사납게 부는 바람.

공상 현실적이 아니거나 실현될 가망이 없는 것을 멋대로 상상하는 것.

●「창공」

이상 사람이 추구하거나 실현하고자 하는, 최고의 완전함을 가진 사물의 모습이나 상태.

윤동주의 문학세계

윤동주의 창작 활동 기간은 십여 년에 불과하나 시작 과정은 구분 가능한 변모 양상을 보인다. 윤동주의 초기시는 동시가 주를 이룬다. 바다를 향한 원초적 동경을 그린 「조개껍질」과 세상을 바다로 비유하고 자신을 그 속에 있는 조그만 인어로 표현하여 무력한 자아를 구체화시키고 있는 「거리에서」 같은 시를 보면 밝고 평화로운 화해의 세계와 함께 삶에 대한 불안과 중압감을 의식한 시인의 자아가 느껴진다. 「오줌싸개 지도」에서는 이러한 양면적인 세계 인식이 결합된다. 이 시에서는 빨랫줄에 걸어 놓은 요의 오줌자국에서 지도를 상상하며 현실적으로 존재하지 않는 동경의 세계를 그리고 있다. 이같은 동시들은 유년적 평화의 세계와, 막연하지만 그와 대립되는 불안한 세계를 보여주고 있어 이후 전개되는 시 세계를 암시한다고 할 수 있다.

1937년경 윤동주의 시는 「달밤」 「풍경」같이 모더니즘의 영향이 보이는 시와 「소낙비」「한온계」처럼 현실인식을 드러내는 시의 두 가지 경향으로 변모한다. 이중 모더니즘 수법이 나타나는 시들은 별다른 시적 효과를 얻지 못한 것으로 보이나, 다른 경향의 시들은 자아의 번민과

조락 초목의 잎이 시들어 떨어지는 것. 차차 쇠하여 보잘것 없이 되는 것.

● 「십자가」

첨탑 꼭대기가 뾰족한 탑. 뾰족탑.

● 「모란봉에서」

앙당한 꽉 째이지 않고 앙상한. '엉성하다'의 시적 표현.

● 「닭」

간 길이의 단위로서 한 간은 여섯 자로 1.81818미터에 해당하며, 또 넓이의 단위로 건물의 칸살의 넓이를 잴 때 쓰는데, 한 간은 보통 여섯 자 제곱의 넓이를 말한다.

계사 닭을 가두어 두는 장. 닭장.

창공 푸른 하늘이나 높은 공중. 창천(蒼天).

고노 괴로움. 수고로움.

두엄 외양간·돼지 우리 등의 바닥에 깔았던 짚과 소·돼지 등의 똥·오줌이 섞인 것이나 그것에 풀·재 등을 섞은 것을 썩힌 거름.

주두리 '주둥이'의 함경 방언.

갈등을 섬세하게 표현하고 있다.

연희전문에 입학하는 1938년경부터 윤동주의 시는 여전히 자전적인 성격이 강하면서도 막연한 방황으로부터 어느 정도 탈피한 모습을 보여 준다. 「사랑의 전당」「자화상」「소년」 등에서 한층 뚜렷해진 자각과 시적 역량을 볼 수 있다.

이후 연희전문을 졸업하던 1941년까지 씌어지는 시들은 그동안 계속됐던 시 세계의 편력을 집약하고 있으며 호소력이 한층 강화된 수작들이다. 「새벽이 올 때까지」「태초의 아침」「또 태초의 아침」「십자가」 등은 종교적 배경이나 발상을 갖는 시들로 어두운 현실과 정신적 갈등에 대한 적극적인 자기 희생의 의지를 담고 있다. 이 시기의 작품에서 두드러지는 또 다른 주제는 「자화상」에서 보여 주는 바와 같이 반성적인 자기 인식과 이에 따른 혐오와 연민의 정조이다. 이같은 여러 가지 주제가 시대와 현실에 대한 의식과 결합하면서 「눈 오는 지도」「또 다른 고향」「별 헤는 밤」「서시」「참회록」 등에서와 같은 탁월한 시적 성과를 이루게 된다. 이들 시에서는 암울한 시대에 대한 자각과 자아의 갈등을 극복하려는 의지가 선명해지고 역사와 현실에 대한 응전의 자세가 보다 견고하게 표출되고 있다.

● 「종달새」
요염 주로 여자가 사람을 호릴 만큼 아리땁다는 뜻.
● 「달밤」
반려한 짝을 이룬.
정적 사방이 아무 움직임이나 소리가 없이 조용한 상태.
● 「굴뚝」
커리 '켤레(신, 양말, 버선, 방망이 따위의 짝이 되는 두 개를 한 벌로 세는 단위)'의 방언.
● 「봄」
혈관 혈액을 체내의 각 부로 보내는 관(管).
삼동 겨울의 석 달.

● 「만돌이」
허양 겨우. 그럭저럭.
● 「황혼」
미닫이 문이나 창을 옆으로 밀어서 여는 방식. 또는 그런 방식의 문이나 창.
● 「버선본」
버선본 버선을 지을 때 감을 떠내기 위하여 만들어 놓은 종이본.
습자지 글씨 쓰는 것을 익힐 때 쓰는 얇은 종이.
● 「거짓부리」
거짓부리 '거짓말'을 속되게 이르는 말.

윤동주 시의 문학적 의의

　　윤동주의 시는 내면적인 자아와 현실과의 날카로운 대립을 하나로 수렴하면서 어두운 시대를 결연하게 감내하겠다는 도덕적인 결의를 드러냄으로써 숭고한 감동과 비장한 아름다움을 창출한다. 윤동주는 행동적인 시인이었다기보다는 내성적이고 사색적인 시인이었다. 바로 이 내성적인 특성이 그를 시대의 어둠 한가운데 서게 만들었으며, 암흑기의 하늘을 비추는 별과 같은 시인으로 성장시켰다고 할 수 있다. 인간 존재에 대한 그의 예리한 실존적 인식은 자기 응시와 분열, 그리고 자기 희생의 심상을 고도의 시적 심상으로 형상화했으며 여기서 나아가 시대처럼 올 아침, 곧 아침처럼 올 시대에 대한 비전을 가능케 하였다. 이처럼 윤동주는 순수 서정시와 저항시의 구분을 뛰어넘어 존재론적인 고뇌를 예언자적 지성으로 승화시키면서 일제 말 암흑기의 우리 시사를 든든하게 이어 놓았다.

강처중의 발문(跋文) ● ● ● ● ● ● ● ● ● ● ● ● ●

윤동주의 『하늘과 바람과 별과 시』 초간본(정음사, 1948. 2. 16)에 실린 강처중의 발문은 윤동주와 친구들 사이에서 맺어졌던 진한 우정의 자취를 생생하게 전하고 있다.

　동주는 별로 말주변도, 사귐성도 없었건만 그의 방에는 언제나 친구들이 가득 차 있었다. 아무리 바쁜 일이 있더라도 '동주 있나' 하고 찾으면 하던 일을 모두 내던지고 빙그레 웃으며 반가이 마주 앉아 주는 것이었다.
　'동주 좀 걸어 보자구' 이렇게 산책을 청하면 싫다는 적이 없었다. 겨울이든 여름이든 밤이든 새벽이든 산이든 들이든 강 가까이든 아무런 때 아무 데를 끌어도 선뜻 따라나서는 것이었다. 그는 말이 없이 묵묵히 걸었고, 항상 그의 얼굴은 침울하였다. 가끔 그러다가 외마디 비통한 고함을 잘 질렀다.
　'아―' 하고 나오는 외마디 소리! 그것은 언제나 친구들의 마음에 알지 못할 울분을 주었다.
　'동주 돈 좀 있나' 옹색한 친구들은 곧잘 그의 넉넉지 못한 주머니를 노렸다. 그는 있고서 안 주는 법이 없었고 없으면 대신 외투든 시계든 내주고야 마음을 놓았다. 그래서 그의 외투나 시계는 친구들의 손을 거쳐서 전당포 나들이를 부지런히 하였다.
　이런 동주도 친구들에게 굳이 거부하는 일이 두 가지 있었다. 하나는 '동주 자네 시 여기를 좀 고치면 어떤가' 하는 데 대하여 그는 응하여 주는 때가 없었다. 조용히 열흘이고 한 달이고 두 달이고, 곰곰이 생각해서 한 편 시를 탄생시킨다. 그때까지는 누구에게도 그 시를 보이지를 않는다. 이미 보여 주는 때는 흠이 없는 하나의 옥(玉)이다. 지나치게 그는 겸

손온순하였건만, 자기의 시만은 양보하지를 않았다.

또 하나 그는 한 여성을 사랑하였다. 그러나 이 사랑을 그 여성에게도 친구들에게도 끝내 고백하지 않았다. 그 여성도 모르는, 친구들도 모르는 사랑을 회답도 없고 돌아오지도 않는 사랑을 제 홀로 간직한 채 고민도 하면서 희망도 하면서…… 쑥스럽다 할까 어리석다 할까? 그러나 이제 와 고쳐 생각하니 이것은 하나의 여성에 대한 사랑이 아니라 이루어지지 않을 '또 다른 고향'에 대한 꿈이 아니었던가. 어쨌든 친구들에게 이것만은 힘써 감추었다.

그는 간도에서 나고 일본 복강에서 죽었다. 이역에서 나고 갔건만 무던이 조국을 사랑하고 우리 말을 좋아하더니— 그는 나의 친구기도 하려니와 그의 아잇적 동무 송몽규와 함께 '독립운동'의 죄명으로 2년형을 받아 감옥에 들어간 채 마침내 모진 악형에 쓰러지고 말았다. 그것은 몽규와 동주가 연전을 마치고 경도에 가서 대학생 노릇을 하던 중도의 일이었다.

"무슨 뜻인지 모르나 마지막 외마디 소리를 지르고 운명했지요. 짐작컨대 그 소리가 마치 조선독립만세를 부르는 듯 느껴지더군요."

이 말은 동주의 최후를 감시하던 일본인 간수가 그의 시체를 찾으러 복강 갔던 그 유족에게 전해 준 말이다. 그 비통한 외마디 소리! 일본 간수야 그 뜻을 알리만도 저도 그 소리에 느낀 바 있었나 보다. 동주, 감옥에서 외마디 소리로서 아주 가버리니 그 나이 스물아홉, 바로 해방되던 해다. 몽규도 그 며칠 뒤 따라 옥사하니 그도 재사(才士)였느니라. 그들의 유골은 지금 간도에서 길이 잠들었고 이제 그 친구들의 손을 빌어 동주의 시는 한 책이 되어 길이 세상에 전해지려 한다.

불러도 대답 없을 동주, 몽규이건만 헛되나마 다시 부르고 싶은 동주! 동주!

> 윤동주의 시「참회록」「자화상」에는 주제를 드러내는 중요한
> 상징물로서의 거울(참회록)과 우물(자화상)이 나온다. 이 두 사
> 물의 공통점과 각각 표현하는 의미를 논하시오.

*P*oint 거울과 우물은 시적 화자의 마음을 투영하는 중요한 매개
체로 등장한다.「참회록」에 등장하는 거울은 "파란 녹이 낀
구리 거울"로서 실제 사물의 모양을 왜곡되게 보여 주는 거울이다.
식민지 시대를 살아가는 젊은이의 마음이 녹이 낀 거울에 드러나고
있으며 이것은 오욕의 상처로 얼룩진 역사의 유물을 표현하고 있
다. 구리 거울 속의 "내 얼굴"은 바로 시인 자신이다. 그리고 시인은
스스로에게 역사적 책임을 묻는다. 그리하여 온 마음을 다하여 참
회록 한 줄을 쓰는 것이다. 치욕의 파란 녹이 낀 구리 거울을 닦음
으로써 시인은 자아와 역사의 정화를 시도하고 있다.

「자화상」에 등장하는 우물은 거울과 마찬가지로 시적 화자의 마음
을 투영하는 매개체로 등장한다. 홀로 "외딴 우물"을 들여다보며 서
있는 시인은 그 속에서 아름다운 자연 풍경을 본다. 그러나 우물 속
에 비친 한 사나이의 그림자는 초라한 존재이다. 화자는 자신의 분
신과도 같은 그 사나이에게 미움과 그리움의 감정을 느낀다. 자신
에 대한 미움과 연민의 반복적 갈등은 자아의 부정성을 정화하려는
성찰의 과정이다. 거울과 우물을 들여다보며 존재를 인식한 시인은
부단한 성찰의 과정을 통해 자아와 역사를 정화하려는 노력을 보여
주고 있다.

2 「또 다른 고향」에서 시적 화자가 진정으로 가고 싶어하는 고향의 의미를 "백골"과 관련지어 논하시오.

Point 현재의 시적 화자와 시에서 등장하는 "백골"의 존재는 하나이면서 또한 분리된 존재이다. 백골은 자아의 분신인 동시에 고향에 뼈를 묻고 있는 조상들의 삶, 즉 현실적인 삶과 이상을 추구하는 자신의 삶이 하나가 되지 못하고 분열된 세계에 있는 괴리감을 내포하고 있다. 그러므로 시적 화자가 가고 싶은 고향은 현실과 이상이 분리되어 있지 않은 곳, 자아와 백골이 하나되는 세계로서의 고향을 의미한다.

3 「쉽게 쓰여진 시」에 등장하는 "육첩방"의 공간적 특징과 의미에 대해 논하시오.

Point "육첩방"은 시에서 "남의 나라"로 표현되고 있다. 육첩방은 실제로 일본의 다다미방으로서 좁은 공간이며 역사의 치욕이 압축된 공간이라고 볼 수 있다. 시대적 상황인식을 촉발시키는 육첩방의 역할은 시인에게 식민지 시인이라는 존재의식을 일깨운다. 육첩방은 평화의 공간이 아닌, 나를 구속하는 밀실과 같은 한계상황인 것이다. 부모가 어렵게 보내 주는 학비를 받아 늙은 교수의 강의를 들어야 하는 자신의 삶을 생각하며 반성하는 시인은 마지막 연에 이르러 "나"와 또 다른 "나"가 악수를 하게 된다. 갈등 속에 있던 자아가 하나로 통합되는 것이다. 그러므로 윤동주의 육첩방은 식민지 현실을 일깨우는 공간이면서 화해를 위해 존재하는 수도와 극기의 공간적 의미도 포함하고 있다.

4

「십자가」에서 나타나는 "십자가"의 의미 변화를 논하시오.

Point 1연에 등장하는 십자가는 일차적 의미로서, 문자 그대로 첨탑에 걸린 십자가를 말하고 있다. 그러나 신탁의 탑인 첨탑에서는 신의 계시도, 종소리도 들리지 않고 시적 화자의 인간적 번민과 갈등이 계속되고 있다. 예수처럼 신의 계시와 선택을 받은 행복한 존재라면 하늘 아래서 꽃처럼 피를 흘리며 죽어가겠다고 말한다. 이것은 식민지 현실, 어둠과 모순으로 넘친 지상의 죄악에 대한 속죄양 의식을 표현하고 있는 것이다. 즉, 4연에 이르러 십자가는 자기 희생의 이념을 대변하는 매개체로 그 의미가 변하고 있다.

5

「서시」에서 드러나는 자아 성찰의 바탕이 되는 기독교적 인식에 대해 논하시오.

Point 시적 화자는 스스로에게 일생 동안 부끄럼이 없는 순결한 삶을 지향하려는 도덕적 결심을 보여 주고 있다. 이것은 시인의 경건하고 순결한 신앙인의 자세에서 온 것이라 볼 수 있을 것이다. 기독교도로서의 자아 성찰은 "모든 죽어 가는 것을 사랑해야지"의 구절에 이르러 범우주적 사랑의 의식으로 확대된다. 서정적 자아와 죽어 가는 불행한 생명들이 통합할 수 있는 힘은 기독교적인 사랑에 근거한 인도주의 사상이 바탕이 된 것임을 알 수 있다.

6

윤동주의 「길」은 시대적 배경과 관련하여 볼 때 민족의 비극적 현실을 직시한 지식인이 앞으로의 삶에 대한 진지한 물음과 탐색을 보여 주고 있다. 그러나 시대와 연관시키지 않고도 이 시가 공감을 갖게 한다면 어떠한 이유인지 설명하시오.

Point 이 시는 시대의식과 관련 없이도 보편적이며 항구적인 주제를 전달한다. 현실은 본질적으로 이상적 가치와 괴리되어 있다. 그러므로 시인은 끊임없이 보다 더 나은 세계로의 지향을 꿈꾸는 것이다. 이 시에서도 이상적 가치 실현을 위한 지식인의 고뇌와 의지가 절실하게 표현되어 있다. 이것은 보편적인 삶의 방식이며 그것만으로도 독자에게 충분히 감동을 줄 수 있는 것이다.

7

「간」에서 나타나는 "간"의 상징성에 대해 논하시오.

Point 5연에 나타나는 "용궁의 유혹"이라는 구절에서 유추해 볼 수 있듯이 이 시의 "간"은 생명과 같은 인간의 양심, 존엄성을 상징한다. 이것은 모순과 부조리에 휩싸인 현실에서 절대 훼손할 수 없는 소중한 자아를 말하고 있다. 화자는 현실 타협의 유혹을 거부하고 참고 견디는 자세를 지켜내려 한다. 그러므로 토끼와 프로메테우스처럼 속죄양이 된 존재의 시적 자아는 양심과 존엄성의 상징인 간을 끝까지 보호하려는 강한 의지적 어조를 보이고 있다.

8

「별 헤는 밤」에 등장하는 별과 화자의 고향인식과의 연관성에
대해 논하시오.

Point 「별 헤는 밤」은 별 하나하나가 온갖 아름다운 기억과 그리
움의 매개체가 된다. 시적 화자는 고향인 북간도를 떠나 외
지에 있고 그곳은 육신, 영혼까지 낯선 곳이다. 그는 낯선 곳의 어
둠 속에서 어머니와 유년기의 추억 어린 이름들, 동물들, 그에게 공
감을 주었던 시인들의 이름을 부른다. 이 사물들은 고향을 중심으
로 하나의 의미를 형성한다. 고향은 갈등의 세계에 대립하는 평화
와 화해의 공간인 것이다. 그 사물들은 모두 "별"에 비유된다. 어둠
속에서 아름답게 반짝이는, 그러나 닿을 수 없는 거리에 있는 별은
가고 싶지만 갈 수 없는 고향을 상징하고 있다.

9

「슬픈 족속」에서 드러나는 고향인식이 흰색의 이미지에서 보
이는 전통적 삶의 모습과 어떻게 밀접한 연관을 맺고 있는지
논하시오.

Point 시에 드러나는 흰색은 한국인의 여인상을 제시하는 데 결
정적인 이미지로 작용하고 있다. 또한 간결하면서도 적확
한 묘사로 그 시대의 의미와 통합된다. 흰색과 검은색의 대조가 눈
에 띄면서 식민지 현실의 한국 여성의 일반적인 삶의 모습이 간명
하게 나타나 있는 것이다. 시적 화자는 "거친 발"과 "슬픈 몸집" "가
는 허리" 등을 통해 연민의 시선을 보낸다. 이러한 고향인식과 전통

적 삶의 모습은 우리 문화 전통이 우리의 가치를 지탱하는 기준임을 말해 준다. 이 시에서 드러나는 흰색의 이미지는 백의민족의 순수함과 소박함을 표현하면서 고난과 시련의 여인들의 모습을 집약하고 있다. 이 여인들은 고향의 어머니이고, 누이이며, 친척들이며 이웃인 것이다. 현실에 대한 고통과 훼손된 고향에 대한 연민과 아픔이 흰색의 이미지로 대표되는 여인이라는 대상을 통해 드러나고 있다.

10

동시대를 살았던 이육사의 시 세계와 윤동주의 시 세계의 가장 큰 차이점에 대해 논하시오.

Point 이육사의 시 세계는 식민지 현실에 대한 명확하고 강도 높은 의지의 목소리를 내고 있다. 현실을 바꾸어 보려는 투쟁과 싸움의 결의가 시 안에서 강한 어조를 형성하고 있으며 적극적 저항정신의 시적 자아의 확신을 함께 느낄 수가 있다. 윤동주의 시 세계는 식민지 현실을 살아가는 한 지식인의 부끄러움과 반성, 성찰의 과정을 솔직 담백하게 보여 주고 있다. 이상적 가치 실현을 위한 지식인의 고뇌와 회복 의지를 고백적 어조로 표현함으로써 항상 '깨어 있어야 한다는 것'에 대한 중요성을 강조하고 있다.